AF328329

POÉSIES

PAR

DEVERT

(Charles-Simon-Frédéric).

God and Liberty!

PARIS.

PAGNERRE, LIBRAIRE-ÉDITEUR.

Rue de Seine, 14 bis.

1851.

POÉSIES

PAR

DEVERT

(Charles-Simon-Frédéric).

God and Liberty!

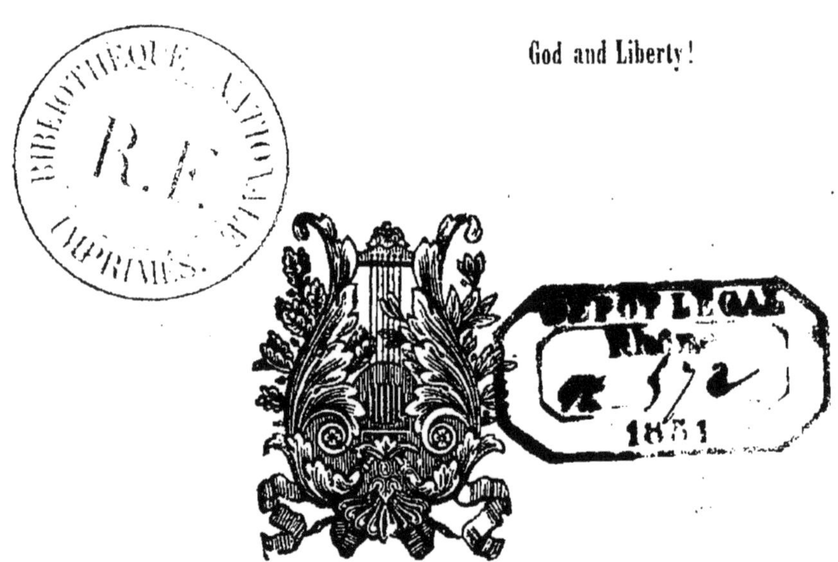

PARIS.

PAGNERRE, LIBRAIRE - ÉDITEUR,

Rue de Seine, 14 bis.

—

1851.

Lyon. — Impr. de J.-B. RODANET, rue de l'Archevêché, 3

PRÉFACE.

A quoi bon une préface, dira peut-être le lecteur? nous le prions de suspendre son arrêt.

M. Devert, en nous chargeant du soin de faire une introduction aux poésies qu'il publie, n'a point cédé à cet amour-propre, naturel aux poètes, d'escompter la gloire future en adulations contemporaines; la franchise de notre caractère lui était connue. Encore moins a-t-il voulu s'abriter sous une recommandation puissante; nous n'avons personnellement aucune célébrité dont le reflet puisse couvrir une œuvre que nous patronnerions. M. Devert a donc simplement désiré que nous fussions vis-à-vis du public l'organe désintéressé de la pensée qui l'animait. Cette pensée est la nôtre; par ce motif, nous avons accepté la mission qui nous était offerte; voilà la raison d'être d'une préface.

Nous voulons coordonner synthétiquement les poésies qui vont passer sous les yeux du lecteur; montrer comment elles s'enchaînent les unes aux autres et se relient à un centre commun.

Pour remplir ce but, nous devons préalablement dire quelques mots de la poésie telle que nous la concevons, telle que M. Devert l'a comprise. Cet aperçu répondra aux objections qui se sont produites depuis un certain temps contre les ouvrages de ce genre.

On a dit : *La poésie est morte;* et, partant de cette idée, sans en approfondir la vérité, sans se donner la peine d'en examiner les causes, on a conclu qu'il ne fallait plus lire de vers, et l'on a agi en conséquence.

Non, la poésie n'est pas morte; elle s'est transformée, et si on ne lit plus les vers, c'est qu'au lieu de poètes, on ne trouve plus que des versificateurs.

La poésie, consacrée dans son origine à exprimer le langage religieux, fut ensuite appelée à célébrer les exploits et la gloire des héros. Avec la civilisation, elle s'humanisa; la sublime épopée eut alors deux sœurs : la poésie didactique et la poésie satirique. L'amour qui, lui aussi, vit d'enthousiasme, créa la poésie érotique ; la douce amitié en détacha une branche et produisit la poésie intime ou familière.

La sévérité des dogmes chrétiens qui excluent le merveilleux, et d'autre part le réalisme des idées modernes, ont porté à la poésie épique un coup funeste dont elle ne se relèvera pas. Napoléon lui-même, tout grand qu'il nous apparaît, n'a pu inspirer un seul poème digne d'être cité; l'intervention réelle, mais occulte, de la providence, ne permettant pas aux poètes les hardies métaphores de l'*Iliade* et de l'*Enéide*.

La poésie religieuse aurait dû conserver son empire; mais, par son exclusivité, le catholicisme lui a nui plus encore que le scepticisme. En se restreignant à la foi chrétienne, on a des cantiques à l'usage des confréries; Jéhovah seul peut inspirer des hymnes religieux. Nous n'en dirons pas davantage.

Privée de ces éléments, la religion et la louange des héros, la poésie n'a plus été et ne pouvait plus être que l'expression de choses prosaïques, assujéties à la rime avec plus ou moins d'habileté.

Le champ était vaste, mais il ne contenait que des ronces.

Faute de pouvoir chanter l'amour qu'ils ne ressentaient pas, les poètes, ou ceux qui prenaient ce titre, entonnèrent des couplets bachiques, ou, par des rimes cyniques, firent rougir le front de Vénus.

L'amitié est fade lorsqu'elle sort du tête à tête ; et la poésie intime, depuis le sonnet à Chloris, jusqu'à l'Epithalame, ne peut, sans exciter l'ennui, sortir du cercle que son nom même indique. Le public devait prendre en pitié tous ces auteurs

venant lui faire confidence de leurs chagrins ou
de leurs jouissances intimes, réelles ou imagi-
naires.

La poésie dite *intime* n'a été tolérée qu'à la condi-
tion non-seulement d'être un chef-d'œuvre, mais
encore de répondre au sentiment général, de telle
sorte que le lecteur puisse, faisant abstraction du
poète, se reconnaître dans le tableau tracé par lui-
même. Or, les chefs-d'œuvre dans ce genre sont
très rares; Gilbert n'a qu'une Ode (1).

Cependant l'humanité, dans ses aspirations vers
l'infini qui seul renferme l'idéal du sublime, avait
besoin d'exprimer les harmonies de la pensée; telle
a été la cause de la transformation de la poésie.

Nous nommerons donc poésie humanitaire ou
sociale celle qui, en dehors de l'épopée religieuse
et héroïque, qu'il est si difficile de reproduire,
sert de truchement à la conscience humaine, et
célèbre le triomphe de l'intelligence et de la vertu,
en d'autres termes, la démocratie.

Par suite du progrès accompli depuis le Christ,
il ne peut donc plus y avoir de poètes que ceux
dont la lyre s'inspire du symbole démocratique :
Liberté, Égalité, Fraternité.

Toute chose nouvelle a besoin, pour son élabo-
ration, de conditions différentes et supérieures.
La poésie humanitaire n'ayant pour base ni le merveilleux de la poésie épique, ni l'infini de la poésie
religieuse, ni le sentiment qui préside à la poésie
érotique, ni enfin la bienveillance qui fait accepter
la poésie intime, a besoin que la profondeur de la
pensée lui serve de point de départ.

Il ne suffit plus au poète humanitaire d'être un
habile versificateur, de connaître les lois de la prosodie et de s'astreindre aux règles de la syntaxe;
ce n'est pas assez pour lui d'avoir le coloris et l'eu-
phémisme des mots d'où résulte l'harmonie; il faut
avant tout qu'il soit *le prêtre de l'idée.* Sans une

(1) Celle où se trouve la fameuse strophe : *Au banquet
de la vie,* etc.

6

grande pensée dont il se fera l'apôtre, nul écrivain n'atteindra la hauteur de la poésie telle que la marche incessante du progrès la présente aujourd'hui.

Si l'on veut bien réfléchir à ce que nous venons de dire, on verra que, depuis Rouget de l'Ile, auteur de la *Marseillaise*, jusqu'à Casimir Delavigne, auteur des *Messéniennes* et de la *Parisienne*; depuis Chénier jusqu'à Béranger, c'est le sentiment de la démocratie qui seul a produit ces vers, ces chants, qu'une justice plus exacte appellera des Odes, car la poésie épique n'a rien produit de plus sublime.

M. Devert, auquel nous revenons, après ce préambule long mais indispensable, appartient à cette école nouvelle, et c'est avec raison qu'il prend pour épigraphe de ses poésies les paroles de Franklin à Voltaire : *God and Liberty*. (Dieu et la Liberté.)

Nous sommes les premiers qui l'ayons accueilli dans la presse, et qui lui ayons frayé la voie. Nous nous en applaudissons, car il a répondu à notre attente, et sa collaboration nous a été précieuse pour atteindre le but que nous nous étions proposé dans la *Tribune Lyonnaise*; moraliser, éclairer et élever le sentiment populaire. « Vouée au « culte des grands noms et des grands souvenirs, « sa muse (comme il l'a dit lui-même, en cessant la publication de ce journal, au mois de février 1851), sa muse a eu des chants pour la gloire, « le malheur, la vertu, le talent, le patriotisme; « elle a gémi sur le sort de l'héroïque et infortu- « née Pologne, et fait entendre des accents sym- « pathiques à la Suisse et à l'Italie ; elle a exalté « tout ce qu'il y a de plus saint et de plus sublime : « *La Religion et la Liberté.* »

M. Devert débuta par une satire sur la *Chambre de 1842*, qui fut suivie de deux autres ; le *Triomphe d'un jour* et l'*Abus des Influences*. Nous appellerons spécialement l'attention sur cette dernière. Elle devait paraître dans le N° de mars 1848 de la *Tribune*, mais il eût été peu généreux, en réveillant des

souvenirs aussi odieux , de s'acharner sur un ennemi vaincu. Aujourd'hui , que le royalisme relève
la tête, que M. Guizot, l'émigré de Gand, rédige
un journal et prêche une fusion monarchique, afin
de concentrer l'action des hommes impurs, hostiles
à la République; aujourd'hui que M. Sauzet rentre
dans la lice par la voie de la presse , la publication de cette satire a un à-propos remarquable;
elle devient une protestation contre les factieux
qui rêvent une restauration monarchique. Nous
félicitons notre ancien collaborateur d'avoir ex-
humé cette satire que nous avions ensemble et
d'un commun accord, au jour du triomphe du
peuple, condamnée à l'oubli, persuadés que la justice allait enfin régner et que nous n'aurions plus
à fouiller dans la fange royale.

Cette satire est le tableau complet du règne de
Louis-Philippe sous le rapport de la moralité ; elle
justifie les mots de *révolution du mépris* appliqués
par Lamartine à la révolution dont il entre-
voyait l'aurore. En effet, cette ère de corruption
dont le premier chaînon était rivé au trône, et
descendait de là jusqu'au sein de la bourgeoisie ,
avait aggloméré le scandale au point qu'un de ces
illustres conservateurs , balayés par l'ouragan de
février , M. de Morny laissa échapper un jour ces
paroles naïves : « Depuis quelque temps, nous qui
« sommes la majorité, nous avons l'air, aux yeux
« du pays, d'une bande de brigands, exploitant le
« gouvernement représentatif à notre profit ; il
« faut que la lumière pénètre dans cet antre. »

M. Devert n'a rien omis, accomplissant en cela
un tour de force égal et peut-être supérieur à celui
de Barthélemy dans sa mémorable satire des 213.
Tous ces scandales qui ont affligé la France sont
venus se ranger sous sa plume comme de hideux
spectres à l'appel d'un magicien. Le poète a fait
justice de toutes les turpitudes et stigmatisé toutes
les maximes honteuses de l'aristocratie.

Le Cri du sang, prosopopée adressée à l'ancien
procureur du roi près la cour prévôtale de Lyon ,

M. Reyre, et : *Par les Cosaques, ou pas*, épître au prétendant Henri V, sont les deux dernières pièces de vers appartenant au genre satirique, publiées par M. Devert.

La première fut à la fois un acte de courage, car M. Reyre laissait une famille puissante à Lyon (1), et une dette de la piété filiale (2), en même temps qu'un souvenir à de malheureuses victimes et une protestation contre une époque déplorable. M. Reyre est fatalement lié à cette époque appelée *Terreur blanche* de la couleur de son drapeau, et pour la distinguer de celle de 93; terreur qui n'a pas eu pour cause, comme sa devancière, la nécessité de comprimer la guerre civile et de repousser l'invasion étrangère. La terreur de 1815 était, par-dessus tout, lâche et rancunière. C'étaient les représailles d'un nain sur un géant enchaîné. Elle sévit plus spécialement dans le Midi. Lyon, par la masse imposante de ses ouvriers tous patriotes, y échappa en partie. L'esprit public y fut plus fort que la réaction cosaque. Tout se borna à des persécutions individuelles, à des arrestations arbitraires, à des condamnations iniques. La haine contre l'audacieux qui antidatait de dix-huit ans son règne vassal de l'Angleterre, se taisait, c'est tout ce que l'on pouvait espérer d'une ville plus républicaine encore que bonapartiste. La tentative d'insurrection du 8 juin 1817 fournit aux séides royaux une occasion de montrer leur zèle; ils la saisirent avec empressement. La police fut-elle vraiment étrangère à cette insurrection? Il est permis d'en douter d'après les révélations suscitées par le courageux écrit du colonel Fabvier, aujourd'hui général et représentant du peuple.

(1) Son fils, M. Clément Reyre, remplissait alors les fonctions de maire de Lyon. Il est aujourd'hui le bras droit de M. Carlier.

(2) Le père de M. Devert, ancien officier, compromis dans les événements de juin 1817, fut sauvé par le courage de sa femme.

La seconde est une réponse aux provocations du parti légitimiste et la contre partie d'une pièce de vers publiée par M. A. P. dans l'*Etoile du Gard,* sous le titre de : *Par la France, ou pas.* M. Devert s'est servi des mêmes vers, à peu de chose près, pour exprimer des idées diamétralement opposées ; c'est un tour de force accompli avec bonheur, et nous ne le rappelons que pour faire connaître cette particularité aux amateurs des singularités littéraires.

Les sujets d'exercer sa verve satirique n'auraient pas manqué à M. Devert, mais ce genre déplaisait à son cœur bon et aimant. Aussi, le lecteur le remarquera, quoique M. Devert ait abordé tous les genres de poésie, depuis l'ode et le dithyrambe jusqu'au triolet et au rondeau, voire même le frivole acrostiche, il s'est abstenu de l'épigramme.

Saisissant chaque occasion de faire entendre aux peuples opprimés une voix sympathique, M. Devert déposait dans la *Tribune Lyonnaise* ses chants à *la Pologne. à la Suisse,* à *l'Italie,* à *la Sicile.* La *Sicilienne* parut peu de jours après la révolution de février ; un aussi grand évènement ne permit pas d'attacher à ce magnifique dithyrambe l'importance qu'il aurait eue dans un temps plus calme ; il devait passer, il passa inaperçu. Le poète n'en continua pas moins sa tâche. Inutile de rappeler les titres de ses divers chants patriotiques ; le dernier fut une *Tyrtéenne aux martyrs de la liberté,* [publiée en 1850 ; elle alla consoler dans sa prison le célèbre Raspail, auquel ses ennemis eux-mêmes rendent justice. M. Devert dut alors se taire ; ce silence est plus éloquent peut-être, pour caractériser le régime nouveau qui a pesé et pèse encore sur Lyon, que tout ce que nous pourrions dire.

Nous renvoyons le lecteur au livre lui-même : en voyant les travaux successifs de M. Devert, il reconnaîtra que la muse du poète n'a failli à aucune circonstance grave. Elle encourageait Lamartine, préludant, dans le banquet de Mâcon, à ses

hautes et glorieuses destinées; plus tard, en mai
et août 1848, elle le soutenait dans sa lutte et lui
rendait une justice dont en général on était avare;
loin d'insulter au pouvoir déchu, M. Devert a tenu à
honneur de rester fidèle à son culte et d'être le
courtisan du malheur (1). Sa lyre gémissait sur les

(1) Le nom de Lamartine est un des plus beaux que la
révolution de Février puisse présenter à ses amis et à ses
ennemis. Le chantre de *Jocelyn*, l'auteur des *Harmonies*,
joint un beau caractère à un grand talent; il nous ré-
pugne de nous associer à ceux qui ne craignent pas de vi-
tupérer l'homme qui les a sauvés de l'anarchie, le seul
peut-être que l'Europe pût accepter sans effroi, comme
représentant de la République française, le lendemain
des journées de Février. Le citoyen Devert s'est inspiré de
notre pensée dans l'ode publiée le 15 août 1848, et poète,
il a voulu adresser un hommage désintéressé à celui qu'il
avait chanté au temps de sa grandeur. Les exigences de
la poésie ne l'ont pas empêché de présenter, dans un
cadre restreint, les grandes choses accomplies par Lamartine : l'*Histoire des Girondins*, l'opposition au ministère Guizot, sa présence parmi les dix-huit députés qui
descendirent le 23 février sur la place publique pour aller
au banquet réformiste, malgré la défense du ministère;
les fêtes de la Concorde et de la Fraternité; l'abolition de
la noblesse, celle de la contrainte par corps; l'abolition
de l'esclavage aux colonies, le maintien du drapeau tri-
colore contre ceux qui voulaient lui substituer le drapeau
rouge. Le poète, dans la treizième strophe, fait allusion à
cet anagramme fameux du nom de Lamartine, dans lequel on a trouvé cette sentence : *Mal t'en ira*, et lui oppose, dans les strophes suivantes, la prédiction que lady
Stanhope lui a faite, et qu'il rapporte dans le *Voyage en
Orient* (tome I, p. 242). On sait que Esther Stanhope,
nièce de Pitt, s'est retirée dans les montagnes du Liban
et qu'elle jouit de la réputation de prophétesse. Lamartine alla lui rendre visite, sans être connu d'elle, et cette
femme extraordinaire lui dit : « Vous êtes un de ces hommes que j'attendais, que la Providence m'envoie, et qui
ont une grande part à accomplir dans l'œuvre qui se prépare. Bientôt vous retournerez en Europe; l'Europe est
finie, la France seule a une grande mission à accomplir
encore; vous y participerez, etc. Remerciez Dieu, il y a
peu d'hommes qui soient nés sous plus d'une étoile comme

tombés de Drouot, de Moncey, de Confaloniero,
de Caussidière; elle se rendait l'interprète des
sentiments du peuple lyonnais envers M. Démo-
phile Laforest, nommé par l'opposition membre
du conseil de département, en remplacement de
M. Terme, noble présage d'un triomphe plus
grand de la démocratie; elle glorifiait Pie IX, qui
alors...; mais depuis... souvenir douloureux!...
Cet hymne au souverain Pontife restera comme
une preuve de la bonne volonté des peuples toujours prêts à s'abandonner, et toujours déçus dans
leurs espérances.

L'*Italienne*, hymne de guerre, a eu les honneurs
d'une traduction publiée par le journal *del Popolo*.
Cette nouvelle *marseillaise* a jeté un véritable enthousiasme parmi nos frères italiens.

Si M. Devert se fût borné à traiter les questions
politiques, il n'aurait accompli qu'une moitié de
sa tâche, et nous ne l'inscririons pas au rang des
poètes humanitaires.

Nous lui devons un dithyrambe sur l'*Esclavage*,
digne de cette noble cause et du publiciste auquel
il est dédié (1); *Mesmer* et *Fourier* ont fait résonner
les cordes de son luth.

vous, peu dont l'étoile soit heureuse, moins encore dont
l'étoile, même favorable, ne soit balancée par l'influence
maligne d'une étoile opposée. Vous, au contraire, vous
en avez plusieurs, et toutes sont en harmonie pour vous
servir, et toutes s'entr'aident en votre faveur, etc. »
Dans le dithyrambe précédent du 20 mai, M. Devert
avait rendu hommage à cette rare abnégation par laquelle
M. Lamartine ne craignit pas de sacrifier sa popularité en
exigeant que *Ledru-Rollin* ne fût pas exclu des membres
du pouvoir exécutif. Cet acte d'une vertu civique trop
rare aujourd'hui, honore plus à nos yeux Lamartine que
tout ce qu'il a fait de grand. En souvenir de cet acte, nous
croyons que la démocratie doit lui pardonner bien des
erreurs, car nul homme n'est infaillible.

(1) Victor Schœlcher, aujourd'hui représentant du
peuple, a eu le bonheur d'accomplir la tâche la plus glorieuse du dix-neuvième siècle, celle que s'étaient imposée

Enfin , des chants moraux et religieux , le *Passé,*
l'Avenir; A l'année 1848 *; Noël ;* le *Pater noster* ; le
Magnificat; la *Transportation des Hébreux* complétent la trilogie sociale. A l'égard de ce dernier
chant , qui est une imitation du psaume *Super*
flumina Babylonis , nous l'avons comparé aux autres traductions; nous trouvons celle de M. Devert
préférable, même à celle de Lefranc de Pompignan,
réputée la meilleure. La raison, la voici : Devert
égale Lefranc de Pompignan dans les passages où
celui-ci est excellent ; il le surpasse dans ceux où
Lefranc de Pompignan est faible.

Ceci nous amène à émettre notre opinion personnelle sur les poésies de M. Devert. Aucune n'est
médiocre, dans le sens positif du mot; dans toutes
on trouve à un même degré l'accord de la pensée,
du style et de l'harmonie. En sorte qu'on peut
penser que l'auteur a plus ou moins de talent (cela
dépend du sentiment de chacun) ; mais il est toujours égal à lui-même, et l'on ne peut dire de
lui ce qu'on a dit de tant d'autres : *Quando dor-*
mitat Homerus. En effet, l'inconvénient de presque
tous les recueils de poésies , c'est qu'à côté de
pièces remarquables , on en trouve de faibles , et
selon l'expression du poète latin : *Sunt bona , sunt*
mediocria , sunt mala plura. On ne fera pas, nous
le croyons du moins, ce reproche aux poésies de
M. Devert.

Nous signalerons une double innovation que
nous croyons heureuse au sujet des cantates de
M. Devert. On nous accusera peut-être de lancer
un paradoxe, mais un paradoxe est presque toujours la préface d'une vérité. Voici donc, à nos
risques et périls, notre opinion.

les Grégoire, les Lapoype, etc ; au commencement de la
Révolution française, *l'abolition de l'esclavage.* Le gouvernement provisoire a mis fin, par un décret de mars 1848,
à cette infâme exploitation de l'homme, à ce crime de lèze-
humanité. Cette victoire humanitaire est due autant à l'action personnelle qu'aux écrits de M. Schœlcher.

Ceux qui s'en tiendront aux règles de la cantate, adoptées jusqu'à ce jour, pourront être fondés à accuser notre auteur de les avoir méconnues ; mais nous répondrons pour lui que la règle n'est que la déduction logique d'un fait antérieur. La rhétorique n'a pas précédé l'éloquence; ainsi, de la poésie : les poètes ont créé eux-mêmes les règles auxquelles il leur a plu de se soumettre ; ces règles, ils les ont trouvées par une inspiration propre de leur génie, et leurs successeurs ont dû s'y conformer tant qu'ils n'en ont pas trouvé d'autres; mais il leur a été permis de les étendre, de les modifier, et si par là ils sont arrivés à produire des beautés nouvelles, ces modifications sont à leur tour devenues des règles. La prosodie, par exemple, n'est pas sortie toute faite du cerveau d'un grammairien comme Minerve du front de Jupiter; elle n'est que le résultat des règles auxquelles les poètes se sont successivement soumis dans leurs diverses compositions. Il suffit, selon nous, que l'écrivain n'ignore pas les règles antérieures, et que de sa part il y ait uniformité dans l'emploi de la forme ou règle inventée par lui.

Nous pouvons donc, sans nous abandonner aux excentricités du romantisme, sans cesser d'être classiques, dire que M. Devert a ajouté deux formes nouvelles de cantate à celles connues, et pour l'absoudre de cette témérité il suffira de voir si sa tentative a été heureuse; alors d'autres le suivront dans cette voie et la cantate s'enrichira d'un mode nouveau.

Nous invitons donc les lecteurs à se rendre compte de l'effet que produisent la cantate *liberté*, *égalité*, *fraternité* divisée en récitatifs, cantabile et chœur, et celle adressée à la Pologne, sous le titre de : *Cantate funèbre*. Tout ce que nous pouvons dire de cette dernière, c'est qu'elle a été lue devant deux Polonais qui n'ont pu retenir leurs pleurs au son de ce rhythme lugubre, commençant chaque tirade et répété à la fin par le chœur, avec une légère variante.

Il est temps de clore cette longue préface qui finirait par ressembler à une dissertation.

Quelques poésies intimes complétent le volume; elles avaient déjà, sauf un petit nombre, été publiées dans la *Tribune Lyonnaise*; et, comme elles avaient subi cette première épreuve, l'auteur n'a pas voulu les séparer de celles politiques.

Au reste, elles ont le mérite que nous exigeons de la poésie intime pour lui permettre de se produire. Toutes ont eu pour but de généraliser une pensée morale.

On trouvera donc dans ce petit volume toutes les poésies insérées dans la *Tribune Lyonnaise* par M. Devert, depuis juillet 1846 jusqu'à février 1851, époque où, par l'effet de la loi du 16 juillet 1850, et nonobstant l'abolition de la confiscation, il a été obligé de renoncer à sa propriété, au moment où elle pouvait l'indemniser de ses sacrifices.

On y trouvera de plus, outre l'*Abus des influences*, quatre autres pièces inédites : *Les chants du poète*, dithyrambe à M. Aimé Vingtrinier, et la *mission du poète*, dithyrambe à M. Antony Rénal (1), dans lequel M. Devert rend compte des causes de son silence depuis le triomphe de la réaction ; une *Epître à M. Robin*, célèbre prestidigitateur, aimé des lyonnais, dont il a charmé les loisirs en 1847, et une méditation intitulée : *Le Vieillard*, pour faire suite à l'*Orpheline*. M. Devert aurait pu publier en outre un grand nombre de poésies inédites, tout-à-fait dignes de leurs aînées, mais il a craint de grossir le volume, et il a été plus que sobre; nous croyons qu'en cela il a eu raison. On arrive rarement à la postérité avec un lourd bagage.

M. Devert, s'il eût fait lui-même sa préface, la clorait en demandant humblement, suivant l'usage,

(1) On sait que c'est le pseudonyme adopté par un littérateur bien connu à Lyon, M. Claudius Billiet, auteur du *Romancero du Cid*, d'un recueil de *Légendes espagnoles*, du *Berquin du hameau*, de la *Robe rouge*, *Emany*, et autres romans, etc.

l'indulgence des lecteurs. Quant à nous, qui ne pouvons être tenu à un pareil ménagement, nous aurons plus de franchise ou plus d'orgueil, et nous demanderons simplement pour l'auteur *bienveillance* et *justice*; persuadé que si ses vers ne sont pas appréciés et ne lui rapportent pas la gloire qui nous semble lui être légitimement due, c'est qu'il n'aura manqué à sa publication qu'un théâtre plus vaste et des prôneurs plus influents.

Marius CHASTAING.

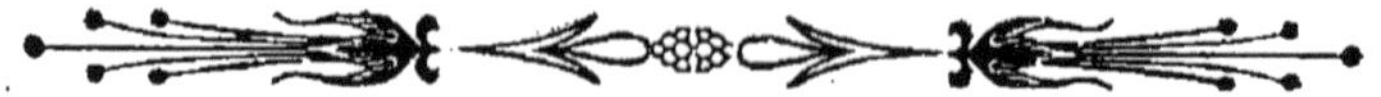

DÉDICACE.

> . . . . . Avec notre existence
> De la femme pour nous le dévouement commence.
> LEGOUVÉ.

Il est un nom bien doux que ma reconnaissance
    En ces vers veut tracer ;
Un nom que l'âge mur, comme la tendre enfance,
    Se plait à prononcer.

C'est le nom plein d'attraits d'une mère chérie
    Que l'on aime à bénir ;
C'est le nom qui réveille en notre âme attendrie
    Un pieux souvenir.

C'est le nom vénéré qu'un fils, à tous les âges,
    Redit avec bonheur ;
Et ma main, qui l'écrit en tête de ces pages,
    Obéit à mon cœur.

                Ch.-F. DEVERT.

LES CHANTS DU POÈTE.

A M. Aimé VINGTRINIER,

auteur des : Voyageuses, des Bugésiennes, etc.

DITHYRAMBE.

> Le poète est semblable aux oiseaux de passage
> Qui ne bâtissent point leurs nids sur le rivage.
> **LAMARTINE.**

Quand le noir esprit des ténèbres
Enveloppait Saül de ses vapeurs funèbres,
La colère montait sur son front pâlissant ;
Et, prête à seconder sa sombre frénésie,
La lance, par son bras avec fureur saisie,
    Vibrait, ivre de sang !

    Soudain, pour calmer son délire,
Un enfant s'approchait, tenant en main la lyre,
Laissant flotter au vent ses longs cheveux bouclés ;
Et ses doigts exprimaient de l'instrument sonore
Les accords les plus purs qu'aucune lyre encore
    Eût jamais exhalés.

Le monarque, à sa voix, du fardeau qui lui pèse
Sent le poids s'alléger... par degrés, il s'apaise ;
Déjà, dans ses regards un feu moins sombre a lui ;
Déjà, la lance échappe à sa main frémissante...
    Et calme, et bienfaisante,
La paix, trésor du ciel, bientôt descend en lui.

Ainsi, lorsque tes chants ravissent mon oreille,
Poète ! avec bonheur mon être se réveille,
Comme pour écouter de célestes concerts.
Les sons purs et touchants de ton luth qui console
Ressemblent aux soupirs de la harpe d'Éole,
Au souffle du zéphir s'exhalant dans les airs.

Aux accords d'Amphion les pierres ébranlées,
Au pied des murs Thébains en ordre rassemblées,
S'élevaient en cadence et montaient tour-à-tour.
D'un chantre aimé du ciel la voix mélodieuse,
    Perçant la voûte ténébreuse,
Charma des noirs enfers le lugubre séjour.

As-tu donc retrouvé ce luth qui, dans la Thrace,
Aux monstres des forêts fit perdre leur audace,
Et des chênes altiers inclina les rameaux?
Laquelle des neuf sœurs, en couronnant ta tête,
T'enseigna l'art des vers, et t'apprit, ô poète !
A soupirer l'amour, à chanter les héros?

N'attends pas de ton siècle un hommage frivole;
    Trop souvent, le barde, ici-bas,
Chante et vit inconnu... l'avenir le console,
    La gloire survit au trépas.

Oui, toujours le dédain conspire avec l'envie
Pour jeter anathème aux nobles fils des cieux;
Solitude et malheur, voilà toute leur vie;
A peine écoute-t-on leurs chants mélodieux.

Mais l'heure de la mort voit paraître la gloire
Qui vient récompenser leurs sublimes travaux;
Alors, s'ouvre pour eux le temple de mémoire;
Alors, un vert laurier ombrage leurs tombeaux.

Lorsque ces demi-dieux ont éclairé le monde
    D'un rayon de vive clarté,
Leurs noms que d'un reflet l'astre brillant inonde,
    Volent à l'immortalité !

❖❧❖

A M. Claudius BILLIET (Antony Rénal),
homme de lettres.

LA MISSION DU POÈTE.

ODE.

Vitam impendere vero.

Tu m'as dit : « J'entendais naguère
« La lyre vibrer sous tes doigts;
« Et maintenant, pourquoi te taire?
« N'est-il plus de chants pour ta voix? »
— Chanter, ami ! le puis-je encore?
Faut-il que la corde sonore
Retentisse de mes douleurs?
Chanter... quand mon âme attristée,

Et de l'avenir tourmentée,
Sur le présent verse des pleurs !

Toi qui révèles au génie
Le secret des divins accords,
Muse ! toi qui de l'harmonie
Au poète ouvre les trésors ;
Jadis, j'empruntai ton langage
Pour rendre un légitime hommage
A l'héroïsme, à la vertu ;
Mais aujourd'hui que la foi sainte
Au cœur des mortels est éteinte,
Fille du ciel que me veux-tu ?

Poésie, amour, et croyance
Sont des mots voués à l'oubli ;
Sous un linceuil d'indifférence
Notre siècle est enseveli.
Dans son délire, le vieux monde
Déserte, pour un culte immonde,
Les autels de la liberté ;
Traitant la gloire de frivole,
Il adopte pour sa boussole
L'égoïste cupidité.

Hier, d'une douce espérance
Bien des cœurs s'étaient enivrés,
Et les peuples, de leur souffrance,
Se voyaient enfin délivrés.
Rêve trop court... Rome succombe ;
La Pologne, au fond de sa tombe,
Gémit et n'a point de vengeur ;
Le drapeau noir flotte à Venise ;
La noble Sicile agonise
Entre les mains du *Bombardeur*.

Et quand la liberté proscrite
Trouve partout des oppresseurs,
Quand les supplices ou la fuite
Ont décimé ses défenseurs ;
Qu'aux champs d'Arad meurt la Hongrie ;
Que Georgey, traître à sa patrie,
Lève sans crainte un front maudit ;
Lorsque demain peut-être, ô France !
Des rois tu verras la vengeance...
Mon cœur se brise, et tout me dit :

Cesse tes chants, brise la lyre
Qui sous tes doigts résonne en vain ;
L'enthousiasme qui t'inspire
N'excite plus que le dédain.
Comment, dans la foule sceptique,
Trouver un écho sympathique ,
Si nul n'écoute tes accents?
Lance l'anathème à ces villes
Où les idoles les plus viles
Voient à leurs pieds brûler l'encens !

Ainsi d'une sombre pensée
Le poids importun m'accablait,
Et de ma poitrine oppressée
La plainte amère s'exhalait.
Mais, de la muse qui m'est chère ,
Est-ce la voix douce et sévère
Qui blâme une lâche douleur?
Pourquoi te taire? me dit-elle ;
Ton luth serait-il infidèle
Au culte sacré du malheur?

Ah ! plutôt, dédaignant l'outrage,
Champion de la vérité !
Arme-toi d'un noble courage ,
Ose flétrir l'iniquité !
Du feu qui consume ton âme
Qu'au dehors jaillisse la flamme !
Remplis ta sainte mission ;
Et, comme un autre Jérémie,
Fais déborder sur l'infamie,
Les flots de l'indignation !

Laissant le vulgaire timide
Désespérer de l'avenir,
Vers le but, où la foi te guide ,
Marche... qui peut te retenir?
Sous le joug des tyrans impies,
Quand les nations assoupies
Attendent l'heure du réveil,
Que tes accents patriotiques,
Echauffant les cœurs apathiques,
Les arrache au honteux sommeil.

Voilà le destin du poète ;
Il est glorieux à remplir.

22

Le ciel t'a fait son interprète ;
A ce rôle veux-tu faillir ?
Il te faut enseigner la route
A tous ceux qu'égare le doute,
A ceux qui cherchent la clarté.
Aux mortels craignant le naufrage
Dans le lointain montre la plage
Où les attend la liberté !

A VICTOR HUGO.

SONNET.

Qualem ministrum fulminis alitem.
HORACE.

Dédaignant les vallons pour monter vers les cieux,
L'aigle intrépide et fier s'élance dans l'espace ;
Il plane dans les airs, et bientôt, face à face,
Contemple du soleil le disque radieux.

Ainsi tu t'élevas, génie audacieux !
Au vulgaire étonné tu dérobas ta trace,
Du livre aux sceaux d'airain ton œil lut la préface ;
Puis, tu redescendis rêveur et soucieux.

Et maintenant, tu vis entouré de mystère ;
Mais tout autour de toi rayonne la lumière,
Du feu qui t'inspira tu répands la clarté.

Poète ! que t'importe un blasphème frivole ?
La gloire a sur ton front gravé son auréole,
Et ton nom est promis à l'immortalité !

LA CHAMBRE DE 1842.

Aux Electeurs.

SATIRE.

Facit indignatio versus.
JUVÉNAL.

De nos représentants la tâche est terminée,
Et par d'heureux travaux leur œuvre est couronnée ;

Des services rendus ils attendent le prix :
Rendons leur grâce... ils ont embastillé Paris !
Jaloux de prévenir les horreurs de la guerre,
N'ont-ils pas accepté les lois de l'Angleterre ?
Autour du ministère ardents à se ranger,
N'ont-ils pas fait assez? pour qui ?... pour l'étranger !
Eh ! qu'importe, après tout, l'avenir de la France,
Sa liberté, sa gloire, et sa juste espérance,
A ceux qui ne songeant qu'à grossir leur trésor,
Ont vendu lâchement leur vote pour de l'or,
Et transformé des lois l'enceinte révérée
En un vaste bazar dont la Bourse est l'entrée !
Ne les a-t-on pas vus immoler, sans pudeur,
Les droits sacrés du peuple au pouvoir corrupteur ;
Pour assouvir leur soif d'honneurs et de richesses,
Fouler vingt fois aux pieds de trompeuses promesses,
Et, sans jamais rougir d'un marché scandaleux,
De leur noble mandat faire un trafic honteux?
Aux siècles à venir le burin de l'histoire
De tout ce qu'ils ont fait transmettra la mémoire ;
Et *la paix à tout prix, les forts, l'indemnité*,
Sont leurs titres de gloire et d'immortalité !
Mais pour vous, électeurs ! votre reconnaissance
D'un rare dévoûment leur doit la récompense...
Ils réclament vos voix... gardez-vous d'écouter
La calomnie, ardente à les persécuter !
Comment leur refuser aujourd'hui vos suffrages,
Lorsque dans leur passé vous trouvez tant de gages ?
Elus par votre choix, n'iraient-ils pas encor
Brûler un vil encens à l'autel du veau d'or !
Serviles courtisans d'un lâche ministère,
Subir, sans murmurer, l'influence étrangère,
Imposer au pays ces odieux traités
Qu'à ses dignes suppôts l'Angleterre a dictés?...
Nommez-les, et la France, à sa perte entraînée,
Verra s'évanouir sa haute destinée.

Electeurs ! vous saurez remplir votre devoir ;
Songez qu'un peuple entier met en vous son espoir.
Pour raffermir sa base, un pouvoir qui chancelle
De ses agents secrets a réchauffé le zèle ;
Et portant au combat ses trésors corrupteurs,
A déjà calculé ce qu'il faut d'électeurs
Pour faire en sa faveur décider la victoire...
A la vénalité pourraient-ils ne pas croire
Tous ces hommes vieillis dans l'intrigue et les cours,

Et qui, par leurs serments, pourraient compter leurs jours ?
Ont-ils cru, toutefois, que la France trahie
Ne se lasserait point de se voir avilie ;
Que ce sol, qui toujours fut fertile en héros,
Ne s'indignerait pas d'un si lâche repos ?
Le moment est venu de leur faire connaître
Qu'un peuple devient libre à l'instant qu'il veut l'être ;
Que ce lion, plongé dans les bras du sommeil,
Se relève terrible à l'heure du réveil,
Et brisant, sans efforts, d'impuissantes entraves,
Voit fuir épouvantés les vils troupeaux d'esclaves...
Tremblez à son aspect, insolents oppresseurs,
D'un pouvoir éphémère aujourd'hui possesseurs !...
De vos honteux excès la mesure est comblée ;
Sous un joug infamant trop longtemps accablée,
La grande nation appelle ses enfants,
Et ce cri maternel menace les tyrans !

. . . .

En vain, pour détourner les coups de la tempête,
Pour écarter de vous le péril qui s'apprête,
Et surtout, pour sauver vos immenses trésors,
On vous verra tenter d'incroyables efforts.
Le peuple ne croit plus de menteuses promesses.
Vous prodiguez sans fruit vos faveurs, vos largesses ;
Les agents corrupteurs partout sont repoussés,
Et vos *conservateurs*, méprisés, délaissés,
Rompant, pour quelques jours, leur éternel silence,
Parleront vainement d'*honneur*, de *conscience*,
De leur *foi politique* et de sa fermeté...
Ce langage par eux tant de fois répété,
Ce langage imposteur, appris à votre école,
Ces mots, qui dans leur bouche ont un sens si frivole,
Ne pourront ramener les succès du passé :
De ces caméléons le pays s'est lassé.
Vous ne trouverez plus cette *chambre modèle*,
Qu'on vit, quatre ans entiers, à vos désirs fidèle,
Approuver constamment, par son vote acheté,
Chaque projet de loi qui lui fut présenté.
Cessez donc de nourrir une folle chimère ;
Le peuple vous méprise... évitez sa colère !
Laissant en d'autres mains les rênes du pouvoir,
Eloignez-vous... bientôt, le monde pourra voir
Cette France par vous en pupille menée,
Apparaître terrible à l'Europe étonnée ;
Faire trembler du Nord le puissant souverain,
Aux peuples opprimés aller tendre la main ;

Contre les potentats déployant ses bannières,
Précipiter sur eux ses phalanges guerrières,
Et vengeant de son nom l'antique majesté,
Rétablir dans son sein la paix, la liberté !

LE TRIOMPHE D'UN JOUR.

Aux hommes du pouvsir.

SATIRE.

> *Quo usque tandem !..*
> (Cicéron.)

D'un glorieux succès goûtez la douce ivresse,
Et laissez aux vaincus les plaintes, la tristesse.
Votre triomphe est beau : qui l'ose contester ?
Il passe votre espoir ; qui pourrait en douter ?
Tandis que tout succède au gré de votre envie,
Qu'à marcher à grands pas le présent vous convie,
Poursuivez hardiment vos desseins généreux,
Et la ligue des rois pour vous fera des vœux.
Adorateurs fervents des lois de l'Angleterre,
Aux monarques du nord empressés de complaire,
Rien ne doit vous coûter pour servir leurs projets.
Loin de prêter l'appui qu'attendaient leurs sujets,
De la cause des rois défenseurs pleins de zèle,
Contre les nations vous combattez pour elle.
Vainement la Pologne enfanta des héros ;
Ces braves sont tombés sous le fer des bourreaux !..
Sous un joug odieux l'Italie opprimée
Pour se donner à nous demandait une armée ;
Prête à briser les fers rivés par les tyrans,
La Syrie appelait nos drapeaux triomphants ;
Les peuples, à l'envi, briguaient notre alliance,
L'univers espérait le réveil de la France !
Déjà la liberté, nous montrant le chemin,
Et promettant l'appui de sa divine main,
S'apprêtait à guider nos soldats à la gloire...
Bientôt nos légions, enchaînant la victoire,
Auraient vu les tyrans frémir d'un vain courroux,
Et l'Europe affranchie embrasser nos genoux !

. . . .

Mais ce n'est plus le fer qui doit porter la guerre ;

L'or seul est tout puissant pour subjuguer la terre.
Peuples abandonnés, cessez d'être surpris.,.
Il fallait conserver *une paix à tout prix !*
Rêvez la liberté ; formez des vœux stériles
Pour des jours plus heureux... Nos ministres habiles
Vous prouvent, comme à nous, que l'art de gouverner
Se résume en ces mots : *Recevoir et donner !*
L'or, talisman vainqueur, écartant les obstacles,
En leurs savantes mains accomplit des miracles.
Les suffrages sont chers ; mais pour les acheter,
N'a-t-on pas un budjet?.. Peut-on mieux employer
Cet or, fruit du travail de l'humble prolétaire
Qu'à soudoyer le vote acquis au ministère ?
Laissez la calomnie aiguiser tous ses traits,
Vous saurez la confondre à force de bienfaits !
La paix acquise au prix de nombreux sacrifices,
A de votre pouvoir signalé les prémices ;
Pour comprimer l'élan des révolutions,
Vous avez renversé le char des factions.
Ces forts, qui de Paris emprisonnent l'enceinte,
De tout bon citoyen ont éloigné la crainte ;
La gloire en est à vous, et tous les vrais Français
Sont heureux d'applaudir à vos brillants succès. .
Qu'importe que l'envie, en sa jalouse rage,
A vos nobles travaux refuse son suffrage ?
De la prospérité savourez les douceurs ;
Aux amis du pouvoir prodiguez des faveurs,
Des croix, des dignités... bien juste récompense
Que leur doit accorder votre reconnaissance !
Vos préfets n'ont-ils pas, secondant vos efforts,
Pour rallier des voix, épuisé nos trésors ?
Contre leur dévouement c'est à tort qu'on proteste ;
Tous les moyens sont bons quand le succès nous reste !..
Voyez vos candidats venir, avec chaleur,
Tendre une main amie au modeste électeur ;
Pour gagner son suffrage, entasser les promesses...
Le but est-il atteint à force de bassesses,
La scène change alors ; le nouveau député
Accueille l'électeur d'un air de majesté,
Et tous ces beaux dehors de ferveur amicale
Restent ensevelis dans l'urne électorale...
Mais il faut l'avouer, tous ces piéges adroits
Pour le bien du pays amènent d'heureux choix ;
Que désirer de plus ? La France, heureuse et fière,
Parmi ses députés voit siéger LIADIÈRE,
Et LARNAC, et MAHUL, qui, sans jamais parler,

Par leurs votes muets ont su se signaler ;
PLOUGOULM, dont Toulouse a consacré la gloire ;
HÉBERT, dont le nom seul vaut un réquisitoire ;
TERME, digne rival du fameux FULCHIRON,
Surpasse notre espoir.... il mérite son nom !
SAUZET, phraseur pompeux, fier de sa renommée,
Va reprendre au fauteuil sa place accoutumée ;
MARTIN, que Lyon voit au rang de ses élus,
Avait beaucoup promis ; il a tenu bien plus !
Voilà de vos *trois cents* la glorieuse élite ;
Le reste est moins connu, mais tous ont leur mérite.
Séides du pouvoir, à votre volonté
Leur noble dévouement jamais n'a résisté ;
Et si dans les débats chacun d'eux est une ombre,
Le scrutin vous rassure... on vote par le nombre.
Pourriez-vous redouter ces rares opposants,
Faible minorité, qui compte das ses rangs
Tous ces grands orateurs dont la voix éloquente
Au sein du parlement retentit triomphante,
Tandis que vos champions, au silence obstinés,
A demeurer muets semblent prédestinés.

. . . .

Enfin, nous revoyons cette chambre immortelle,
Phénomène éclatant apparu sous Villèle ;
Ce qu'il fit de plus grand, vous l'avez surpassé ;
Son astre est désormais par le vôtre éclipsé.

A l'œuvre maintenant, la lutte qui commence
Est un combat mortel entre vous et la France !
Redoublez vos efforts pour en sortir vainqueurs ;
Jetez, à pleines mains, à vos lâches flatteurs,
L'or que vous arrachez à l'humble prolétaire
Dont l'impôt, chaque jour, dévore le salaire.
Qu'importe, dites-vous ? au travail condamné,
A subir tous les maux n'est-il pas destiné ?
Mais ne craignez-vous pas que, las de sa souffrance,
Il ne punisse un jour votre lâche arrogance ;
Que, dans sa juste horreur pour votre trahison,
Il ne se lève enfin pour en avoir raison ?

Jouissez toutefois d'un reste de puissance ;
A vous, un vain succès ; au peuple, l'espérance
De voir briller le jour appelé par ses vœux,
Où, secouant le joug de ce repos honteux
Qui depuis si longtemps la retient enchaînée,
La France accomplira sa noble destinée.

Alors on la verra, reprenant sa splendeur,
Ecraser les tyrans du poids de sa grandeur !..
A vous, l'énivrement d'un triomphe frivole ;
Le présent vous sourit, mais l'espoir nous console.
O Peuples ! dont le deuil est bien près de finir,
Méditez le passé, songez à l'avenir !

LE CRI DU SANG.

Aux Victimes du 8 Juim 1817.

> *Raro antecedentem scelestum,*
> *Deseruit pede pœna, claudo.*
> HORACE.

PROSOPOPÉE SUR LA TOMBE DE M. REYRE.

A l'heure où des puissants la carrière est finie,
On peut interroger les phases de leur vie.
Vivants, on respectait leur rang, leur dignité ;
Mais aux morts, quels qu'ils soient, la froide vérité !
La tombe entend sa voix... si son noble langage
Aux vertus, au mérite, apporte un juste hommage,
Il sait trouver aussi d'énergiques accents
Pour punir l'injustice et flétrir les méchants.
Parfois lente à frapper, toujours inexorable,
La peine, au pied boîteux, partout suit le coupable,
Et sans cesse, on la voit attachée à ses pas,
Le poursuivre, l'atteindre au delà du trépas.
Pouvait-il échapper au burin de l'histoire,
REYRE ! ton nom maudit, de sanglante mémoire ?
Croyais-tu dérober à la postérité
Le triste souvenir de ta célébrité ?
Dans ces temps orageux où les cours prévôtales
De leurs pages de sang souillèrent nos annales ;
Où l'on vit, tant de fois, l'agent provocateur
Se lier, par un pacte, au lâche délateur ;
Où d'infâmes arrêts jetés dans la balance,
Du manteau de la loi revêtaient la vengeance ;
De ce pouvoir sacré qui vous fut départi,
Oubliant l'équité pour servir un parti,
Que fîtes-vous alors ! ò magistrats iniques,
Sourds à l'humanité, séides politiques !

REYRE ! Lyon t'a vu, farouche accusateur,
Dans ses murs étonnés rappelant la terreur,
Offrir à chaque jour sa victime nouvelle !...
La royale faveur fut le prix de ton zèle,
Nouveau *Laubardemont !...* et lorsque d'un enfant,
Aux juges, sans pitié, tu demandais le sang,
N'as-tu pas proféré ce mot épouvantable?
« Tranchez le rejeton d'une tige exécrable;
« Prévenez, par sa mort. quelque crime nouveau;
« C'est un serpent qu'on doit étouffer au berceau. »
Dumont est condamné; *sous les yeux de sa mère*
S'élève l'échafaud.... O douleur trop amère !
Il y monte *à seize ans...* Son sort est accompli...
REYRE ! sois satisfait; car ton rôle est rempli !

Mais qu'est-il devenu ce zèle magnanime
Qui t'enflammait alors pour *ton roi légitime ?*
As-tu donc oublié tes serments et ses droits,
Lorsque tu viens jurer sur un nouveau pavois?
Rallié désormais au trône populaire,
A tes anciens amis tu déclares la guerre;
Pourquoi non, diras-tu?... maint sénateur alla
Dîner chez *Marius* et souper chez *Sylla !*
D'un autre souverain quand le règne commence,
REYRE ! viens encenser la nouvelle puissance
Eclose sous les feux du soleil de juillet;
La Charte te protège... arrière le sifflet (1) !
Mais tes jours sont comptés. . cité par Dieu lui-même,
Fléchis, si tu le peux, la justice suprême.
Va paraître aujourd'hui devant ce tribunal
Où faibles et puissants pèsent d'un poids égal...
Le cri des opprimés et le sang des victimes
Montent vers l'Eternel... sa main punit les crimes;
Dieu venge, tôt ou tard, son pouvoir outragé.
Un jour vient, et le juge, à son tour, est jugé.
O mânes des martyrs, sortez de la poussière !
Dépouillez un instant le linceuil funéraire;
Vous ne gémirez plus au fond de vos tombeaux;
Le glaive de la mort a frappé vos bourreaux !

(1) En 1830, M. Reyre osa se présenter pour prêter serment, il fut accueilli par un coup de sifflet que le citoyen Tiphaine fit entendre. La Cour ordonna vainement d'arrêter l'auteur de cette injure; le public nombreux qui était venu voir *M. Reyre prêter serment,* facilita la sortie de Tiphaine, et quoique ce dernier fût bien connu, on ne fit aucune poursuite.

Le roman la *Robe rouge,* par Antony Rénal (M. Cl. Billiet), qui est une

L'ABUS DES INFLUENCES.

Au Ministère Guizot.

> *Vous sentez-vous corrompus ?*
> (M. Guizot aux électeurs de Lisieux.)

SATIRE.

Muse ! c'est trop garder un coupable silence ;
Peux-tu voir sans gémir la honte de la France ?
La grande nation est livrée aux vautours...
Malheureuse patrie ! où sont tes anciens jours ?
On foule aux pieds ta gloire et l'œuvre de nos pères...
Des vampires, gorgés du sang de tes artères,
Ont, par leur souffle impur, allumé dans les cœurs
Cette soif du métal qui pervertit les mœurs.
Peut-être que bientôt, tonnant sous nos portiques,
D'un autre Jugurtha les accents prophétiques
Jetteront l'anathème à la vénalité...
Craignons le juste arrêt de la postérité !

Pontifes du veau d'or ! ce sera votre ouvrage,
Et mon vers satirique en trace le présage.
Où nous conduisez-vous ?... chaque pas en avant
Entr'ouvre sous nos pieds un abîme béant.
Le système odieux qui pèse sur la France
Etend, réseau fatal, sa maligne influence :
Comme à Rome jadis, tout s'achète et se vend...
Quand l'austère **GUIZOT**, le transfuge de Gand,
Crie : « *Enrichissez-vous !*... » sans trève, sans relâche,
Electeurs, députés, se mettant à la tâche,
A la cupidité donnent un libre essor ;
La porte des honneurs s'ouvre par *la clé d'or.*

Et si quelqu'écrivain, au nom de la morale,
Ne craint pas d'accuser la fraude électorale ;
S'il déclare la guerre à la corruption,
On lui fait un procès en diffamation :
Pour échec à l'honneur on réclame dommage,
C'est de droit, car *Bourdeau* consacra cet usage ;
Mais, comme les abus vont toujours *crescendo*,

sanglante diatribe contre M. Reyre, n'a pas non plus été poursuivi,
tant il est vrai que nulle autorité ne peut se soustraire à la pression de
l'opinion publique.

Dessaigne, maintenant, a surpassé Bourdeau ;
Par sa jurisprudence une fois acceptée ,
Aucune élection ne sera contestée ,
Et de l'or du budget les centriers repus
Pourront se demander : « *Sommes-nous corrompus ?* »

O ! si du moins Thémis, dans sa sainte colère ,
De nos droits méconnus gardienne sévère ,
Des méfaits signalés punissait les auteurs ,
Et frappait , sans pitié , les prévaricateurs !...
On condamne DROUILLARD... est-il le seul coupable ?
Et BOUTMY, qu'on absout , est-il irréprochable ?
N'a-t-il donc pas aussi gagné les électeurs
Par le perfide attrait de ses dons corrupteurs ?
Sans doute il a trouvé de sympathiques fibres
Dans un jury formé d'hommes *probes et libres*,
Puisque des longs débats de ce procès honteux
Sort un acquittement... Drouillard fut moins heureux.
Félicitez Boutmy ; son innocence éclate !...
Mais que demain le juge à la robe écarlate,
Interprète sacré d'un verdict solennel ,
Au glaive de la loi dévoue un criminel ,
Entendez l'assassin jeter , par un blasphême,
A l'arrêt qui le frappe , un cynique anathême :
« Pauvre, on m'a condamné, dit-il insolemment ;
« Si j'eusse été Boutmy, je serais innocent ! »

. . . .
Triste et fatale époque où l'on peut voir le crime
A la face des lois se poser en victime ;
Où l'on ose ériger le tout-puissant métal
En souverain arbitre et du bien et du mal !...

Ministres éhontés , dont le coupable exemple
Attira les marchands dans l'enceinte du temple ,
Vous , les fauteurs du vice et de l'improbité ,
Dites-nous à quel prix vous avez acheté
L'auteur de Némésis , Lherminier et tant d'autres,
Déserteurs de nos rangs pour passer dans les vôtres ,
Malheureux apostats qui, par leur trahison,
D'un opprobre éternel ont couvert un beau nom...

Courage ! dans sa route, osez suivre Walpole ;
De votes tarifés créant le monopole ,
Changez le parlement en un marché public,
Où s'étale en plein jour un ignoble trafic ;
Où tant de députés, trompant notre espérance,

Sans respect du mandat que leur donna la France,
Prostituent leur honneur et parjurent leur foi...
Traitez avec DAILLY, pour un projet de loi;
Mais surtout, de LAMBERT supprimez le *Mémoire*,
Car ses révélations terniraient votre gloire,
Et *trente mille francs*, payés fort à propos,
Vont sur un péculat asseoir votre repos.

Détenteurs du pouvoir! ce n'est là qu'une page
De vos fastes brillants... en faut-il davantage?
Dans ce fertile champ je ne veux que glaner,
Et pourtant on pourrait amplement moissonner.
L'oubli n'a pas encor recouvert de son ombre
Les interpellations sur mainte *coupe sombre*;
Dépouillant vos cartons, j'exhumerais encor
Les procès *Warnery*, *Lagrange*, *Rochefort*;
Je tirerais aussi de la même officine
La comptabilité du vaisseau la *Sabine*,
Et celle de l'*Epoque*, au format colossal,
Organe du pouvoir, ou plutôt son vassal;
En cherchant avec soin je trouverais l'histoire
Du *privilége Adam*, des *Mines de la Loire*;
Je saurais quel traité jadis vous octroya,
Salines de Saltzbron! Mines de Mouzzaïa!
Car l'antre de Cacus cachait moins de mystères
Que le moindre bureau de tous vos ministères.
Pour peindre dignement ce repaire infernal,
Que n'ai-je le burin d'un nouveau Juvénal!

Faut-il aller plus loin dans ce sombre dédale,
Où je ne puis marcher sans heurter un scandale?
Ne vois-je pas d'ici *Gisquet* et *Hourdequin*
A *Kessner*, à *Besnier*, venir tendre la main?
Laissant ce quatuor d'honnêtes fonctionnaires,
Devant la Haute Cour suivons *Teste* et *Cubières*;
Au banc des accusés prennent place auprès d'eux
Parmentier, *Pellaprat*, coupables moins fameux:
Bien d'autres noms viendraient se grouper sous ma plume,
Si j'avais le dessein de forger un volume;
Pour fournir des couleurs à ce hideux tableau,
Petit m'apporterait un contingent nouveau.

Mais la prosperité, nous dit *Cunin-Gridaine*,
Va toujours en croissant... vraiment, est-ce la peine
De se plaindre et crier à la concussion,
Lorsqu'au nom de mon fils je prends une *action?* .

Ne peut-on pas aussi , sous le nom de *Génie* ,
Vendre un emploi public ?... Infâme simonie !
Il faut bien t'accepter , puisque *les satisfaits*
Votent l'ordre du jour... *Ce sont de petits faits.*

Protecteurs des abus ! quand tout vous est prospère ,
Un peuple entier gémit... songez à sa misère.
Il s'agit de pourvoir au sort du travailleur ,
Et Sauzet répondra d'un ton froid et railleur :
« Messieurs les députés ont bien d'autres affaires
« Que d'aller s'occuper des questions ouvrières. »
C'est juste... n'ont-ils pas des soins plus importants ,
Le budget, par exemple , à grossir tous les ans?...
Ne leur parlez donc pas de ces vertus antiques ,
Et bonnes tout au plus au sein des Républiques.
Guizot n'a t-il pas dit : *La misère est un frein ?*
Si vous doutez encor, voici le grand Dupin
Qui, de l'autorité de sa voix magistrale ,
Vient soutenir aussi la nouvelle morale ;
Ecoutez-le : *Chacun chez soi , chacun pour soi.*
Et l'élu de la Nièvre a raison , sur ma foi !...
Qu'un peuple soit détruit , qu'une famille meure ,
Qu'importe ! je suis bien dans ma chaude demeure.
On veut en vain flétrir du nom de *loup cervier*
Le Crésus égoïste ou le riche banquier !
Mais ce *Jacques Lafitte* , admiré du vulgaire ,
Habile financier, et tribun populaire ,
Gardant dans l'opulence un cœur de citoyen,
Raillez-le sans pitié... le niais faisait du bien ,
Et de Malthus osait condamner la maxime !
Inclinez vous plutôt devant son homonyme :
Place à *Charles Lafitte*, agioteur sans égal ,
Pour les *chemins de fer* il n'a pas de rival.
De quoi se plaignent-ils, tous ces vils prolétaires ?
Dans notre parlement ont-ils des mandataires ?
Si la plèbe murmure, et, réclamant ses droits,
Pour les revendiquer veut élever la voix ,
La force aura raison d'une telle insolence ;
Que la compression impose le silence...
Et si des malheureux, qu'exaspère la faim ,
Dans un jour de vertige osent porter la main
Sur les grains qu'entassa l'accapareur sans âme ,
Les juges puniront cet attentat infâme ;
Il faut un grand exemple, et demain , *Buzançais*
Verra sur l'échafaud couler le sang français !

Que vous dirai-je enfin, suppôts de la doctrine !
La *Bourse*, grâce à vous, sur *le trône* domine ;
Le pouvoir avili par l'immoralité,
Spécule sur le vice et la cupidité.

Mais quand vous étalez avec tant d'impudence
D'un cynisme effronté l'incroyable licence,
De la *corruption* le nom vous fait horreur,
Ce mot qui sonne mal choque votre pudeur.
Eh bien ! soit ; désormais l'achat des consciences,
Sous l'euphémique nom d'*Abus des Influences*,
Se frayera partout un plus facile accès ;
On pourra, sans rougir, avouer ses succès.

Et tandis qu'en vos mains la fortune publique
N'est plus que l'instrument de votre politique,
Au sein de nos cités, attristant les regards,
De scandaleux tableaux s'offrent de toutes parts,
Le commerce, les arts, la banque et l'industrie
Ouvrent un champ fécond à la piraterie.
DE BERGUES, d'un grand nom méprisable héritier,
Ternit le vieil honneur de son blason princier ;
Et le fils d'un soldat que pleure la patrie,
GUDIN est convaincu d'un fait d'escroquerie.
Si je nomme en ces vers le notaire *Outrebon*,
N'est-ce pas rappeler son collègue *Lehon ?*
Quel est le roi du jour ? l'odieux agiotage...
Esclaves, courbez-vous et livrez-lui passage ;
Son palais est la Bourse, exécrable tripot,
Où tous, grands et petits, vont payer leur impôt.
Chacun veut s'enrichir... le travail importune ;
On veut au pas de course atteindre la fortune.
Pour monter sur son char doit-on s'embarrasser
D'un bagage importun dont on peut se passer ?
Amour de la patrie et de l'indépendance,
Vains mots que tout cela... vieille et sotte croyance !...
Vraiment, il s'agit bien d'honneur, de probité ;
A la Bourse, jamais l'*honneur ne fut coté*.

Mais du sein de la foule, où tant d'âmes peureuses
Sommeillent lâchement, quelques voix généreuses
Retentissent encor pour flétrir les abus,
Et pour jeter l'opprobre à tous les corrompus.
Ah ! puissent leurs accents, qu'échauffe le civisme,
Emouvoir tous ces cœurs que glace l'égoïsme ;
La morale publique alors réagira,
Et la *Révolution du mépris* surgira !

A LA POLOGNE.

> ... L'aigle blanc se réveille ,
> Vole , combat, de sang russe abreuvé.
> Un chant de gloire éclate à mon oreille :
> « Rien qu'une main , Français ! il est sauvé ! »
> (Béranger , *Poniatowski*.)

DITHYRAMBE.

Entendez-vous ce cri d'alarmes
Par les échos du Nord en tous lieux répété ?
    C'est un peuple qui court aux armes
    En invoquant la liberté !

    Sous le fardeau de l'esclavage
Las de courber le front , fatigué de souffrir ,
    Et plein d'un sublime courage ,
    Il veut rester libre, ou mourir !

En vain , pour arrêter ton élan magnanime,
    Les rois t'ont prise pour victime,
    Noble patrie des héros !
Pologne , tes enfants ne sont pas des esclaves...
Déjà , le glaive en main , les dignes fils des Slaves
Font ondoyer au loin leurs glorieux drapeaux.

Mânes de ces guerriers que l'Europe révère
    Revoyez flotter la bannière
    Qui vous guidait dans les combats.
Sortez de vos tombeaux environnés de gloire ,
Kosciusko ! Sobieski ! volez à la victoire,
Venez conduire encor d'héroïques soldats !

Aux armes , Polonais ! l'univers vous contemple ;
    Donnez un généreux exemple
    Au siècle , à la postérité ,
Et qu'un seul cri , jeté du Karpathe à l'Ukraine,
Aux peuples gémissants sous le poids de leur chaîne,
Redise ces deux mots : Patrie et Liberté !

Qu'aux magiques accents de cette voix puissante
    Les tyrans , saisis d'épouvante ,
    Tremblent sous leurs lambris dorés.
Ils n'ont que des *bourreaux* , la Pologne a des *frères*...
Comme de vils troupeaux, les hordes mercenaires
Tomberont sous les coups des bataillons sacrés.

Enfin l'heure a sonné, la vengeance s'apprête
Et déjà mugit la tempête...
Peuples ! le signal est donné ;
A ces nobles soutiens d'une cause immortelle,
Osez tendre sans crainte une main fraternelle,
Et vous verrez pâlir plus d'un front couronné.

.Nos vœux ont salué la séduisante aurore
Du nouveau jour qui vient d'éclore,
Brillant d'un éclat radieux.
Courage, Polonais ! ne craignez plus d'entraves ;
Le monde, dès longtemps, vous a nommés les braves ;
Qui pourrait vous ôter ce titre glorieux !

Mais toi, dont l'Europe enchaînée
Doit apprendre à briser ses fers ;
France ! de qui la destinée
Est de délivrer l'univers ;

N'est-ce pas toi qui, la première,
Ranimant les cœurs généreux
Déployas la sainte bannière
Que les peuples suivent des yeux ?

Aujourd'hui la Pologne, à ta cause fidèle
Fait voler aux combats l'*Aigle blanc* qui t'appelle...
Viendras-tu réclamer ta part de ses dangers ?
Pour venger ces héros et sauver leur patrie,
Contre les rois du Nord, contre la tyrannie
Verra-t-on marcher tes guerriers ?

Sous le nombre accablé quand le Slave succombe,
N'as-tu donc que des pleurs à donner à sa tombe ?
Par de stériles vœux prétends-tu t'acquitter ?
Il a brisé le joug d'un honteux esclavage ;
C'est du sang qu'il lui faut pour laver son outrage,
Et tout peuple doit l'imiter.

Te verra-t-on toujours obéir et te taire
Devant ces courtisans, suppôts de l'Angleterre ?
Repousse de ton sein ces traîtres gorgés d'or,
Jette aux vents ces traités qu'a tracés l'injustice,
Ce Code de la peur dicté par l'avarice,
Et reprends un nouvel essor.

Glorieux étendard de Jemmape et d'Arcole ,
Nous te rendrons encor l'éclatante auréole
Qui sur les trois couleurs rayonna tant de fois.
Va joindre une autre page à ta brillante histoire ;
Que demain on te voie, hissé par la victoire,
    Au faîte du palais des rois !

Le moment est venu... le fer luit , l'airain tonne.
Au milieu de ces rangs que la foudre moissonne,
France ! à leur noble ardeur reconnais tes enfants.
Le Cosaque s'enfuit , et le Kalmouck recule ,
Les tyrans sont vaincus... aux bords de la Vistule
    Flottent nos drapeaux triomphants.

Varsovie ! il est temps de sortir de ta cendre ;
Lève-toi , lève-toi ! ce sang qu'on va répandre ,
Ce sang de tes enfants est fertile en vengeurs.
Contre les oppresseurs dont la main sacrilége
A creusé ton tombeau , l'avenir te protége :
    A toi nos bras , à toi nos cœurs !

A LA SUISSE RÉGÉNÉRÉE.

Ad arma cessantes
Ad arma, concitat
HORACE.

DITHYRAMBE.

    Vains efforts de la tyrannie!
Contre la liberté vous êtes impuissants !
Peuples , applaudissez ! La Suisse rajeunie
A retrouvé de *Tell* les courageux enfants.

Des rives du Léman un noble cri s'élance ;
Entendez-vous tonner le bronze des combats ?
Voyez ces citoyens , soldats par leur vaillance ,
Affronter les périls et braver le trépas !

Tout un peuple est debout au grand nom de patrie :
    Des droits de l'antique Helvétie
    Armez-vous, généreux vengeurs !
De *Fazy* , de *Muller* la parole puissante
A retenti soudain , et leur voix éloquente
    Trouve un écho dans tous les cœurs.

Glorieux descendants des guerriers d'un autre âge !
    Comme eux d'un indigne esclavage
    Secouez le joug odieux ,
Combattez , triomphez !... la lutte est terminée !
Genève , en ce grand jour, change sa destinée.
    Le sort a couronné nos vœux.

Oui , nos vœux sont pour vous; ne sommes-nous pas frères ?
Nous avons triomphé sous les mêmes bannières ;
Lorsqu'à l'aigle des Czars , à nos pieds abattu ,
Massena , dans Zurich , arrachait la victoire ,
Vous avez partagé nos périls , notre gloire :
Sous les drapeaux français vous avez combattu !

Peuple ! te voilà libre, et ton indépendance
Présage de bonheur , ranime l'espérance !
Ton courage héroïque , à l'heure du danger ,
T'assura le succès ; mais ton instinct sublime ,
Quand finit le combat , te rendit magnanime !
    Tu dédaignas de te venger.

    Entre dans la route nouvelle,
Que le sang des martyrs ouvre devant tes pas ;
    L'avenir sourit et t'appelle ;
    La liberté te tend les bras !
Marche d'un pas hardi ; n'adopte point pour guides
De lâches renégats... Fuis les conseils timides
    Que la peur voudrait te dicter.
Héroïques vainqueurs , l'univers vous contemple ;
Aux peuples opprimés donnez le noble exemple
    Qu'un jour ils sauront imiter !

    Tyrans ! vos menaces sont vaines :
Inutiles efforts ! Votre règne est passé.
    Les nations rompent leurs chaînes ;
    Et votre empire est renversé.
Le jour vient, l'heure sonne où le peuple se lève ,
Où son juste courroux fait un appel au glaive
    Pour briser un joug détesté.
D'un triomphe immortel consacrant la mémoire,
La Suisse élève enfin , des mains de la victoire ,
    Un autel à la liberté !

TARNOW ET CRACOVIE.

DITHYRAMBE.

> . . . quis talia fando
> Temperet à lacrymis
> VIRGILE.

France du Nord, berceau des Slaves,
Pologne bien-aimée! aux immortels exploits ;
    De tes enfants, mère des braves!
    L'Europe a reconnu la voix ;
Cette voix qui guida tes cohortes guerrières
Quand *Sobieski* vainqueur vit devant ses bannières
    S'enfuir l'Osmanlis frémissant,
Et du sort des combats changeant la destinée,
Sauveur du nom chrétien, dans Vienne abandonnée,
    Renversa l'orgueilleux croissant.

Gloire, honneur aux efforts sublimes
Des généreux soldats qui sont morts pour tes droits ;
    A tant de guerriers magnanimes
    Tombés sous le glaive des rois.
Kosciusko, *Dverniki*, vous tous dont le courage
S'arma pour repousser le joug de l'esclavage,
    Sortez du fond de vos tombeaux !
Aux bourreaux de Tarnow arrachez Cracovie ;
Pour chercher des vengeurs contre la tyrannie,
    Levez-vous, mânes des héros !

Peuples ! la Pologne expirante
Implore votre appui contre ses oppresseurs ;
    Qu'aux cris de votre voix puissante,
    Tremblent d'infâmes ravisseurs !
Quand l'ignoble vautour à la triple couronne
Dévore ces héros que le trépas moissonne,
    Souffrirez-vous cet attentat ?
Et quand de Metternich les hordes sanguinaires
Egorgent sans pitié vos amis et vos frères,
    Armez-vous, volez au combat ?

Qu'à ce suprême appel tout l'univers réponde !
Pour les peuples chrétiens la patrie est le monde.
Punissez les tyrans, vengez vos droits sacrés.
Aux armes ! combattez : qu'un seul cri vous rallie :
VENGEANCE ET LIBERTÉ ! TARNOW ET CRACOVIE !
    Guerre aux despotes conjurés !

Debout, peuples, debout !... toi surtout, Italie !
Des vieux républicains glorieuse patrie,
Le moment est venu... sors d'un lâche repos !
Aux martyrs immolés pour la plus sainte cause
Paye un juste tribut ; qu'enfin l'apothéose
    Soit le prix du sang des héros !

C'est dormir trop longtemps... l'Europe qui t'appelle,
Te promet le secours d'une main fraternelle ;
Lève ton noble front brillant de majesté !
Le Vatican s'éveille à la voix d'un grand homme ;
O mânes des Brutus, voyez flotter sur Rome
    Le drapeau de la liberté !

Au pontife éclairé le monde rend hommage.
Digne apôtre du Christ ! achève ton ouvrage ;
Ton règne, à son aurore, apparaît radieux
Qnand de Ganganelli tu ceignis la tiare,
Un nouveau jour brilla : l'avenir nous prépare
    Le succès promis à nos vœux !

France ! souffriras-tu qu'un lâche ministère
Réclame, en suppliant, l'appui de l'Angleterre ?
Ce peuple de marchands ! lui, t'imposer des lois !
Laisse aux dominateurs de l'Irlande affamée,
Le rôle digne d'eux de payer une armée
    Pour servir la cause des rois.

N'attends pas, pour marcher, que comme à Varso
L'ordre, au sein des tombeaux, règne dans Cracov
La Pologne, ta sœur, se jette entre tes bras :
Tu dois aux nations un magnifique exemple ;
Ton devoir est tracé, l'univers te contemple,
    Ouvre la lice des combats.

Renais aux souvenirs de ta grandeur passée ;
Rends un nouvel éclat à ta gloire éclipsée ;
La victoire, en tous lieux, suivra tes étendards.
Les peuples sont pour toi... combats la tyrannie ;
Des enfants de Krakus va sauver la patrie,
    Et foule aux pieds les léopards !

Sur les rives du Rhin rétablis tes frontières ;
Le nord lui-même attend tes phalanges guerrières.
Que le fer rompe enfin tant d'odieux traités !
A l'aigle de Hapsbourg arrache sa victime ;

Qu'aux magiques accents de ton hymne sublime
    Fuient les rois épouvantés !

    Hâte-toi ! Cracovie en cendre (1)
Voit tomber expirants ses derniers défenseurs.
    Plutôt mourir que de se rendre
    A de lâches usurpateurs.
Arrachés, tout sanglants, du foyer de leurs pères,
Des enfants, des vieillards, aux rives étrangères
    Iront mendier des tombeaux !
Quel destin est le leur? l'exil ou l'esclavage !...
Fuyez loin des tyrans : la mort et le ravage
    Suivent les pas de vos bourreaux !

    Ecoutez ce cri qui s'élève
Et que mille tocsins dans les airs ont porté ;
    La France a ressaisi son glaive,
    Et combat pour la liberté !

Ne désespérez plus, nobles enfants des Slaves !
Son bras victorieux saura vous protéger.
Pologne ! tes cités ne seront plus esclaves ;
Cracovie expirait... nous allons la venger !

⌁◦⌁

A LA MÉMOIRE DE CONFALONIERO. (*)

Nescio quà natale solum dulcedine cunctos.
Ducit . . . .
OVIDE.

STANCES.

Las d'errer fugitif aux rives étrangères,
Un illustre proscrit accourrait tout joyeux

(1) C'est une allusion au bruit qui avait couru, que les habitants de Cracovie, imitant le noble exemple des Athéniens menacés par l'invasion des barbares, avaient eux-mêmes mis le feu à Cracovie, pour se soustraire à l'esclavage autrichien.

(*) Patriote italien condamné au *carcere duro* qu'il subit pendant dix ans au Spielberg avec Maroncelli et autres généreux citoyens, coupables seulement d'avoir voulu affranchir leur pays; il avait obtenu, après cette longue captivité, la commutation de sa peine contre un exil perpétuel. Dix ans s'étaient encore écoulés. Rappelé enfin dans sa patrie par l'amnistie de Pie IX, il revenait d'Amérique, lorsqu'en touchant le sol natal il succomba à la maladie dont il avait contracté le germe dans les prisons autrichiennes.

Oublier ses douleurs au foyer de ses pères ;
Déjà le ciel natal se montrait à ses yeux.

D'un sol républicain la plage hospitalière,
Aux jours de sa détresse accueillit l'exilé ;
Mais ses regards toujours se tournaient vers sa mère...
Italie ! en ton sein l'amour l'a rappelé.

O Patrie ! il venait, brisé par la souffrance,
Implorer un rayon de ton si doux soleil,
Et son cœur bondissait, tout rempli d'espérance
De saluer enfin le jour de ton réveil.

Le trépas l'attendait au terme du voyage ;
Son œil a pu te voir à son dernier soupir ;
Ainsi, l'esquif battu par les vents et l'orage,
Près de toucher le port, se brise et vient périr.

AUX MANES DE DROUOT.

> « Il (Napoléon) l'appela *le sage de*
> « *la grande armée* Et à mesure que
> « décroissait sa fortune, voyant aug-
> « menter le dévouement de Drouot,
> « il sentait mieux le prix de ce beau
> « caractère. »
> (Le P. LACORDAIRE, oraison funè-
> bre de Drouot, prononcée à Nancy en
> 1847.)

SONNET.

Sur la tombe d'un brave effeuille ta couronne,
France ! en signe de deuil, incline tes lauriers ;
Encore un de tes preux que le trépas moissonne,...
Unissez vos regrets, citoyens et guerriers !

Quelle noble auréole autour de lui rayonne !
A vingt ans, pour combattre, il quitta ses foyers ;
Intrépide soldat dans les champs de Bellone,
D'un front calme et serein il s'offrait aux dangers.

Sur la terre d'exil, *au grand homme* fidèle,
D'un héros malheureux, courtisan plein de zèle
Son noble dévouement brava l'adversité.

Que ta cendre aujourd'hui reçoive un juste hommage ,
Héroïque débris des vertus d'un autre âge !
Honneur et gloire à toi fils de la liberté !

LE CONVOI DU MARÉCHAL MONCEY (*)

SONNET.

Qui nous rendra . . . .
Aux bords du Rhin , à Jemmape, à Fleurus
Ces paysans, fils de la République ,
Sur la frontière à sa voix accourus.

BÉRANGER.

Lorsque les noirs coursiers lentement amenèrent
Le char funèbre au pied du bronze où , des grands jours
L'indestructible gloire est inscrite à toujours,
Où des guerriers français les exploits se gravèrent,

Aux bras des vieux soldats les armes résonnèrent ;
Le clairon retentit plus bruyant... Les tambours
Mêlèrent à sa voix leurs longs roulements sourds,
Et d'un même respect les glaives s'inclinèrent.

Le silence régnait : les guidons , les drapeaux
Sur leurs plis abaissées tombèrent en repos ;
Un aigle prit son vol et plana dans l'espace...

La Colonne trembla... soudain , d'un geste prompt,
L'Homme d'en haut, portant la main droite à son front ,
Jeta ces mots : « Salut à ce brave qui passe ! »

(*) Le poète saisit le moment où le convoi arrive sur la place Ven-
dôme , au pied de la Colonne.

SUR LA MORT D'OCONNEL.

...La jeune Irlande gronde.

Tu disais : A DEMAIN... elle crie : AUJOURD'HUI.
BARTHÉLEMY.

ODE.

Ainsi l'on vit jadis le sublime prophète,
Des oracles divins soixante ans l'interprète,
Qui guidait au désert les tribus d'Israël,
S'arrêter aux confins de la terre promise.
La voix du Tout-Puissant avait dit à MOÏSE :
Tu n'iras pas plus loin : tel est l'ordre éternel !

De l'illustre vieillard la tâche était remplie :
Chargé d'ans et d'honneurs, il termina sa vie;
Les enfants de Jacob pleurèrent son trépas.
Au tombeau, comme lui, tu descends dans ta gloire,
O'CONNEL ! des regrets honorent ta mémoire,
Energique tribun ! ton nom ne mourra pas.

Sans doute que du ciel les décrets immuables,
Aux regards des humains toujours impénétrables,
Avaient prescrit d'avance un terme à tes travaux !
Qui donc pourrait sonder la volonté suprême
Et ses vastes desseins ? n'est-ce pas Dieu lui-même
Qui fait et juge les héros ?

O'CONNEL, tu fus grand !... ta parole énergique
Soutint l'indépendance et la foi catholique ;
De tes concitoyens tu proclamas les droits.
Orateur inspiré ! quand ta mâle éloquence
D'un pays malheureux embrassait la défense,
L'univers écoutait ta voix !

Mais tu pouvais atteindre un rôle magnanime,
Et léguer à l'histoire une page sublime.
Oui, ce titre pompeux de *grand agitateur*
Etait-ce donc assez quand l'Irlande opprimée,
Lasse d'un joug honteux, par la faim décimée,
Attendait un *libérateur !*

Un rêve t'égara... tu trompas l'espérance
D'un peuple qui sur toi fondait sa délivrance.

Qu'a produit ton respect pour la légalité?
Du célèbre *repeal* à quoi bon l'existence?
Des inno ents *meetings* où donc est la puissance?
　　Qu'ont-ils fait pour la liberté?

Comme autrefois *Moïse*, à ton heure dernière,
Tu vois un nouveau chef relever ta bannière.
Un autre *Josué*, franchissant le Jourdain,
Achèvera demain ton œuvre commencée.
Tout homme, sur la terre, a sa route tracée
　　Par les oracles du destin.

A toi la mission d'éclairer ta patrie,
Trop longtemps dans les fers gémissante, avilie;
De jeter l'anathême au pouvoir étranger!
Ton rôle est terminé; tu meurs!... Dieu te rappelle.
Pour l'Irlande, aujourd'hui, s'ouvre une ère nouvelle;
　　Un bras plus fort doit la venger!

A ton tour maintenant d'entrer dans la carrière,
O'BRIENN, fils des rois!... affranchis cette terre
Où tes aïeux jadis ont planté leur drapeau!
Elu de ton pays, mérite son suffrage,
De ses antiques droits réclame l'héritage;
　　Va, ne chancelle pas sous ton noble fardeau!

IRLANDE, lève-toi!... que ta voix méconnue
Jette le cri de guerre! enfin l'heure est venue!
Au secours d'une mère appelle ses enfants.
De ton peuple opprimé la cause est belle et sainte;
La liberté le guide... il combattra sans crainte
　　Pour vaincre et chasser les tyrans!

Fils de la verte Erin! marchez, marchez encore!
Voyez, l'ombre s'efface, et la naissante aurore
De flots de pourpre et d'or vient inonder les cieux.
Dans le fond de vos cœurs ranimez l'espérance;
Le soleil a brillé... de votre indépendance
　　Saluez le jour glorieux!

A M. Alphonse LAMARTINE.

Vir probus bene dicendi peritus.
Cicéron.

ODE.

Barde inspiré, divin génie,
Toi dont les chants mélodieux
Semblent, enfants de l'harmonie,
A ta voix descendre des cieux !
L'Europe, attentive et muette,
De l'orateur et du poète
Admirait les nobles travaux.
A tout l'éclat qui t'environne,
Aux fleurs de ta double couronne,
Il manquait des lauriers nouveaux.

Remplis d'un céleste délire,
Tendres ou rêveurs tour-à-tour,
Tes accents, ô chantre d'Elvire !
Exhalaient un parfum d'amour.
A travers des routes nouvelles,
Le vol de tes rapides ailes
Vient de prendre un nouvel essor ;
Et, toujours avide de gloire,
Tu fouilles le champ de l'histoire
Pour ravir un riche trésor.

Toi, fils de l'aristocratie !
Loin de partager ses erreurs,
Tu défends la démocratie
Du mépris de ses oppresseurs.
Oui, j'entends ta voix éloquente
Qui s'elève retentissante
En faveur de la liberté !
Ta tâche est belle et généreuse ;
Sur une époque glorieuse
Fais luire enfin la vérité !

Dans ces tableaux, peintre sublime,
Que tu déroules à nos yeux,
Je vois un peuple magnanime
Affranchi d'un joug odieux.

Il se lève, armé de la foudre
Qui, bientôt, va réduire en poudre
Les vils esclaves, les tyrans.
Le volcan qui mugit et gronde
S'apprête à lancer sur le monde
Les feux amassés dans ses flancs !

Mais les fauteurs du despotisme
Osent appeler l'étranger !...
Guidé par le patriotisme,
France ! ton bras doit te venger !
Non, tu n'as point commis un crime ;
Va...., leur trépas fut légitime !
Le traître et le conspirateur,
Tous deux méritent le supplice,
Et le grand jour de la justice
Exige un sang expiateur.

Oui, quand des complots parricides
Se trament jusque dans ton sein ;
Punis les lâches, les perfides ;
Marche au signal de ton tocsin !
Peut-il retourner en arrière
Le char lancé dans la carrière
Où volent des coursiers fougueux ?
Peuple ! ton œuvre est commencée ;
Désormais ta route est tracée ;
Suis ton élan impétueux.

L'Europe, à la valeur guerrière
A jeté le gant des combats ;
Mais, pour voler à la frontière,
Le sol enfante des soldats.
Ces rois, dont la folle arrogance
Se flattaient d'asservir la France,
Ivres de leurs premiers succès,
Ont vu changer la destinée :
De VALMY la grande journée
Confond, renverse leurs projets.

Tu triomphes, ô ma patrie !
Pourquoi faut-il qu'en tes foyers
Nous voyons la discorde impie
Joindre un cyprès à tes lauriers !
Il fallait un grand sacrifice....

C'est à regret que la justice,
GIRONDINS ! vous livre au trépas !
A l'heure où le combat s'apprête,
Honte à qui détourne la tète !
Deviez-vous reculer d'un pas ?

Un seul jour ternit votre histoire,
Barbaroux, *Gensonné*, *Vergniaud !*
Oublions-le !... De votre gloire
Le piédestal est l'échafaud.
Nous plaignons ton sort, ô GIRONDE !
Que ton exemple serve au monde
D'enseignement pour l'avenir.
Pitié pour ces nobles victimes !
Donnons à ces cœurs magnanimes
Une larme de souvenir.

Mais, lors des tempêtes publiques,
Arrière la timidité !
Car, dans les troubles politiques,
Faiblesse devient lâcheté.
Un faux pas entraîne une chute.
Triomphera-t-il dans la lutte
L'athlète qui pâlit d'effroi ?
Voyez notre MONTAGNE ardente,
A cette Europe menaçante,
Jeter *une tête de Roi !*

Toi qui, d'un saint zèle enflammée,
Intrépide au jour du danger,
En sauvant la France alarmée,
Sus vaincre et chasser l'étranger !
Reçois, ô MONTAGNE héroïque !
Notre hommage patriotique.
Nous tous, ennemis des tyrans,
Un devoir sacré nous appelle :
Couvrons d'une palme immortelle
La tombe où dorment ces géants.

Et toi qui, de leurs noms, as défendu la gloire
    Contre l'envie et ses fureurs ;
Toi, dont l'œuvre sublime a vengé leur mémoire
    De ses insolents détracteurs,
LAMARTINE ! à nos yeux dissipe le nuage
    D'un passé qu'on voudrait ternir.

Le monde à tes travaux apporte son suffrage,
    Parle, achève..., instruis l'avenir.

Les sons harmonieux de ton luth poétique
    Charment par leurs divins accords.
Foulant, d'un pas hardi, l'arène politique,
    Ose tenter d'autres efforts.
Au Parlement, déjà, ta voix juste et sévère
    Combat les abus du pouvoir....
Va..., ne t'arrête point dans ta noble carrière :
    Marche toujours..., c'est ton devoir.

Il est beau de monter aux rostres populaires,
    D'y prêter sa parole aux lois ;
Il est beau de flétrir les âmes mercenaires
    Qui du pays vendent les droits.
Pour le grand orateur la tribune est un trône
    Où des mains d'un peuple enivré,
Il reçoit les lauriers qui tressent sa couronne,
    Roi, que le génie a sacré.

Mais non, tu n'attends pas cet encens que la foule
    Donne ou refuse tour-à-tour.
L'ombre s'évanouit et le torrent s'écoule ;
    Le rêve fuit quand vient le jour.
Ici bas, tu le sais, tout s'éclipse et tout passe ;
    Tout... excepté la LIBERTÉ !
Heureux qui, comme toi, s'est conquis une place
    Dans les fastes brillants de la postérité.

    Poursuis ta course glorieuse,
    Et sur cette mer orageuse,
    Féconde en naufrages fameux,
    Pilote ! que ta main prudente
    Dirige la nef bondissante
    A travers les flots écumeux !

    Et si la faveur plébéïenne,
Demain, veut te porter au faîte des grandeurs,
    Songe à *la Roche tarpéïenne*,
    Cet écueil des triomphateurs !

L'ITALIENNE.

HYMNE GUERRIER

A trois voix, ou un solo et deux chœurs.

Italia ! Italia !

SOLO.

Courage , enfants de l'Italie !
Renversons un joug détesté ;
Frères ! qu'un seul cri nous rallie :
    Christ et Liberté !   (*bis*)

CHOEUR GÉNÉRAL.

Courage, etc., etc.

SOLO.

Aux murs du Vatican , quelle voix prophétique
    Dans les airs soudain retentit ?
Déchire ton linceuil , renais , ô Rome antique !
    Sois libre !... un pontife l'a dit.   (*bis*)
    Plus d'injurieuses entraves ,
    Relève enfin ton noble front ;
    Nos fils ne seront plus esclaves ,
    Le sang lavera ton affront.
    Assis sur le trône de Pierre ,
    Pie ! apôtre de vérité ,
    Marche toujours sous la bannière
    Du Christ et de la Liberté !   (*bis*)

SOLO ET CHOEUR PARTICULIER.

Marche toujours, etc., etc.

CHOEUR GÉNÉRAL.

Courage , etc., etc.

SOLO.

Terre de Romulus ! à ta longue souffrance
    Il est un terme : heureux signal !

Les feux des Apennins ont de ta délivrance
   Au loin fait briller le fanal.   (*bis*)
   Réveillez-vous, échos du Tibre !
   Répétez nos mâles accents ;
   Un peuple qui veut être libre
   Sait vaincre et punir les tyrans.
   De la sainte Madone en larmes
   La voix nous appelle aux combats ;
   Citoyens et soldats, aux armes !
   Le Dieu vengeur guide nos pas.   (*bis*)

SOLO ET CHOEUR PARTICULIER.

Citoyens, etc., etc.

CHOEUR GÉNÉRAL.

Courage, etc., etc.

SOLO.

Dans nos remparts captifs les discordes civiles
   Ont trop longtemps proscrit les lois ;
Du joug de l'étranger affranchissons nos villes ;
   Soyons unis, vengeons nos droits.   (*bis*)
   Pour le salut de la patrie
   Venez combattre dans nos rangs,
   Mânes des héros d'Ausonie !
   Guidez le bras de vos enfants.
   Et vous, dont la voix vengeresse
   Crie et soulève les tombeaux,
   Martyrs ! tressaillez d'allégresse,
   La crainte a saisi vos bourreaux.   (*bis*)

SOLO ET CHOEUR PARTICULIER.

Martyrs, etc., etc.

CHOEUR GÉNÉRAL.

Courage, etc., etc.

SOLO.

Les tambours, les canons, résonnent à nos portes,
   Jurons tous de vaincre ou mourir !
La terre engloutira vos serviles cohortes,
   Rois ! Dieu vous destine à périr.   (*bis*)

Quand le vautour de Gallicie,
Ivre encor d'un sang généreux,
Plane aux champs de notre Italie,
Arrêtons son vol désastreux.
Et si le trépas nous moissonne,
Victimes de la liberté,
Il nous donnera la couronne
De gloire et d'immortalité   (*bis*)

SOLO ET CHOEUR PARTICULIER.

Il nous donnera, etc., etc.

CHOEUR GÉNÉRAL.

Courage, enfants, etc., etc.

AU PAPE PIE IX.

ODE

Resurrexit Italia !!!

Gloire à Dieu ! Du sein des ruines
S'élève le nouveau Forum;
De la croix, sur les sept collines,
Flotte l'antique Labarum.
Mâles accents d'un peuple libre,
Retentissez aux bords du Tibre,
Allez réveiller l'univers !
Rome, de ta gloire passée,
Reprends la splendeur éclipsée :
Le Saint-Père a brisé tes fers !

A toi, pontife magnanime,
Du Christ vicaire couronné,
Salut ! Pour une œuvre sublime
Le Ciel t'avait prédestiné !
Le monde en toi vénère un sage ;

Ton nom de gracieux présage (1)
Promet un avenir meilleur.
Rome ! renais à l'espérance,
Et sous ce règne qui commence,
Vois briller des jours de bonheur !

Le Tout-Puissant soutient ton trône,
Emule de Ganganelli !
Quand ton font ceignit la couronne,
Loyola dans l'ombre a pâli.
Mais, pour renverser ton empire,
La lâche fureur qui l'inspire
Trame des complots ténébreux.
De l'hydre, toujours renaissante,
Abats la tête menaçante ;
Foule aux pieds ce monstre odieux.

De l'arbitraire et du caprice,
Ton peuple ne sent plus le poids.
La bienfaisance et la justice,
De ton règne ont tracé les lois.
A la souffrance qui t'appelle
Tu tends une main paternelle ;
Ton nom seul bannit les douleurs.
Israël bénit ta parole (2),
Et, comme l'ange qui console,
Tu parais pour sécher les pleurs.

Loin du beau ciel de la patrie
Gémissaient d'illustres proscrits ;
Tu rends aux vœux de l'Italie
Ses nobles, ses généreux fils ;
A ta voix descend la clémence
Dans ces cachots où l'innocence,
Trop longtemps, hélas ! a gémi.
L'orphelin te nomme son père ;
Quand tu visites sa chaumière,
Le malheureux voit un ami.

(1) Dans *Giovanni Maria Mastaï Ferreti*, nom de Pie IX, on trouve *Trati nomi*, *amnistia è ferrata via*. Doux nom, amnistie et chemin de fer. Cet anagramme a fait beaucoup de sensation en Italie, à raison de son sens prophétique.

(2) Pour l'intelligence de ce vers, il faut savoir que Pie IX a levé les entraves qui pesaient sur les juifs habitant le *Ghetto* à Rome.

Tu viens comme un autre Messie,
Bienfaiteur de l'humanité,
Porter la parole de vie
Et la céleste vérité.
Des préjugés, fils des ténébres,
Déchirant les voiles funèbres,
La foi rallume son flambeau.
Par toi, sa divine lumière,
Aux yeux du monde qu'elle éclaire,
Révèle enfin un jour nouveau.

Sur les cités de l'Italie
Vous vous ruez, hordes du Nord !
Sanglant vautour de Germanie
Vers nos champs poursuis ton essor !
En vain, despotes sanguinaires !
A vos phalanges mercenaires
Ouvrez-vous le champ des combats !
Pour vaincre et chasser des esclaves,
Des cendres d'un peuple de braves,
Naîtront d'héroïques soldats !

Pontife-Roi ! marche sans crainte ;
Le ciel veille sur tes destins.
Pour défendre ta cause sainte
Accourent les Transtévérins (1).
Animés d'un généreux zèle,
Leurs bras, de la ville éternelle
Relèveront les vieux remparts.
Au nom sacré de la patrie,
Les fils de *la Jeune Italie*
S'unissent sous tes étendards !

Et déjà, frappés d'épouvante,
Les Barbares ont reculé,
Et sur sa base chancelante
Le vieux despotisme a tremblé.
Pour lui, le dernier jour se lève...
Son bras laisse tomber le glaive
Qui protégeait d'injustes lois...
Contre sa puissance usurpée

---

(1) Les Transtévérins sont les descendants des anciens Romains, sans
aucun sang mêlé, parce qu'ils s'allient entre eux.

55

Le Ciel, d'une invincible épée,
Arme *le soldat de la Croix* (1).

Pie ! à ton œuvre sois fidèle !
Dieu même a tracé ton chemin :
Pour fonder une ère nouvelle,
Il remet sa force en ta main.
Grand homme et prêtre démocrate !
Brise, d'un pouvoir autocrate,
Le joug honteux et détesté !
Des tyrans le sceptre est fragile !...
Que le trône de l'*Evangile*
Soit l'autel de la *Liberté !*

SICILIENNE.

A Ferdinand de Bourbon, roi de Naples et de Sicile.

DITHYRAMBE.

Libertas quæ sera tamen.

Votre règne est passé, monarques despotiques !
Vos trônes, ébranlés sur leurs bases gothiques,
    Croulent pour vous ensevelir.
Tel est l'arrêt du ciel : ce jour doit l'accomplir.

    Laissez là votre arrogance,
    L'ange du progrès s'avance ;
    Regardez son étendard !
    Vos cohortes mercenaires
    Et vos bastilles altières
    Sont un trop faible rempart.
    Point de pardon ni de trève :
    Le peuple a saisi le glaive ;
Vous l'implorez en vain .. Arrière !... *Il est trop tard !*

(1) Dans la légende de saint Malachie, Pie IX est désigné sous le nom
symbolique de *Crux de Cruce.*

Du lion qui dormait au fond de sa tannière,
Vos insolents défis excitent la colère ;
     Tremblez !... il bondit au réveil !
     De même, ô nations esclaves !
     Pour briser d'indignes entraves,
     Vous sortez d'un honteux sommeil.

Il est venu le jour marqué par Dieu lui-même,
     Inscrit au livre du destin ;
     Elle approche l'heure suprême...
Tyrans ! de vos forfaits elle annonce la fin.

Tu te flattais en vain, *Néron de la Sicile !*
D'étouffer dans le sang un cri de liberté !
Du SANG !... Voilà le prix de l'hospitalité
Que tu reçûs jadis, quand tu vins dans cette île,
Proscrit et suppliant, demander un asile.
     On t'accueillit, sur la foi d'un traité.
Tu promis tout alors, pour garder la couronne.
     Ce serment qui sauva ton trône,
     Perfide ! l'as-tu respecté ?

De Denys à Corinthe, évoque la mémoire !
Que de rois dont la chute étonna l'univers !
Pourquoi donc dédaigner les leçons de l'histoire ?
Chaque siècle est fécond en éclatants revers.

Eh ! laissons le passé... D'un prince de ta race
As-tu donc oublié la récente disgrâce ?
Naguère, Holy-Rood reçut dans ses remparts
Un roi dont la vieillesse, à l'exil condamnée,
     Méditait sur la destinée
En ces lieux où dormaient les ombres des Stuarts !

Enivré de l'encens qu'on donne à la puissance,
Par d'imprudents conseils *Charles Dix* égaré,
Du despotisme un jour caressa l'espérance,
Et sa main de nos lois brisa l'autel sacré.

Tout Paris indigné s'insurge... Il est au Louvre !
Le descendant des rois voit l'abyme qui s'ouvre,
Et du peuple vainqueur veut fléchir le courroux :
« Parjure ! *Il est trop tard !* répond la France entière ;
« Le sang que tu versas, désormais entre nous
« S'élève, infranchissable et terrible barrière !...»

Et ce roi sans sujets, abandonné de tous,
Va chercher un tombeau sur la rive étrangère !

Ferdinand de Bourbon ! Il est venu pour toi
Le jour où doit cesser l'orgueil du diadême !
    Elle approche l'heure suprême
Où ton peuple irrité, te lançant l'anathême,
A son tyran vaincu, dira : Tu n'es plus roi !

    Dans ta rage liberticide
Abreuve-toi de sang, et foule aux pieds les lois.
    Brise d'une main parricide
Le pacte solennel des peuples et des rois.
Règne par l'échafaud, mets le comble à tes crimes,
De la guerre civile allume les fureurs ;
Quand le fer des bourreaux immole les victimes,
De leurs cendres, bientôt surgissent des vengeurs !

Entends au loin gronder l'ouragan populaire.
Le volcan assoupi rouvre enfin son cratère ;
Le Vésuve a compris le signal de l'Etna ;
Un cri sauveur, parti des vallons de l'Enna,
A son lâche sommeil, arrachant Parthénope,
Jusqu'en ses fondements a fait trembler l'Europe,
L'ombre de *Procida* dépouillant son linceuil,
Les mânes des martyrs sortant de leur cercueil,
De tous les citoyens enflamment le courage.
Dans les murs de Palerme où règne le carnage,
Femmes, enfants, vieillards, sous le fer des soldats,
Sous le feu des canons, affrontent le trépas.

    Des saints parvis inondez les portiques,
    Siciliens ! qu'un hymne solennel,
    Retentissant sous les voûtes antiques,
Porte votre prière aux pieds de l'Eternel.

Sur l'autel vénéré de sainte Rosalie,
Allez offrir des vœux et déposer des fleurs ;
Et qu'à sa voix, loin de votre patrie
Le ciel écarte enfin la guerre et ses horreurs.

Aux armes ! Contre vous le bronze tonne encore !
Vengez vos pères morts, vos frères expirants.
    Citoyens ! Demain l'aurore
    Vous saluera triomphants.

Votre immortelle victoire ,
Dans les fastes de l'histoire ,
Instruira vos descendants !

PALERME a triomphé... Que la Sicile entière
Se range avec orgueil sous sa noble bannière !
Enfants de *Syracuse !* Au nom de vos aïeux,
Revendiquez les droits d'un passé glorieux,
Doux souvenirs gravés aux fastes d'un autre âge.
Rappelez-vous ce temps où la fière Carthage
Soumise , et sous vos lois courbant son pavillon ,
Cessait un culte affreux par l'ordre de Gelon ;
Où la noble Sicile , illustre souveraine ,
Vit , au sein de ses mers , tomber l'orgueil d'Athène ;
Ce temps où l'univers admirait sa splendeur ,
Où la Grèce elle-même enviait sa grandeur ;
Où le grand Archimède , armé de son génie ,
Contre Rome , trois ans , défendit la patrie.
L'avenir va pour vous ramener ces beaux jours ,
Avec la liberté doit renaître leur cours.
Ecoutez les accents de cette voix divine.
Lève-toi *Reggio !* Réveille-toi , *Messine !*
Que des champs de l'Abruzze au golfe Tarentin ,
Des monts de la Calabre au bord Napolitain ,
Remplis des saints transports d'une ardeur magnanime ,
Les peuples répondant à son appel sublime ,
Unis par un seul vœu , viennent tendre la main
A Venise , à Florence , au Pontife romain !
PARTHÉNOPE , debout ! la liberté t'appelle.
Reçois dans tes remparts cette vierge immortelle
Dont la puissante main , pour l'effroi des tyrans ,
Couronna l'Apennin de feux étincelants.

Salut , fanal d'espérance ,
Signal de la délivrance
Des enfants du Latium !
Lève-toi , JEUNE ITALIE !
Un Pontife te rallie
Sous un nouveau labarum !

Céleste liberté ! Ta puissance féconde
Doit changer pour toujours la surface du monde.
Viens de tous les mortels combler enfin les vœux ;
Accours ! nous bénirons ton règne glorieux !

A M. Démophile LAFOREST, de Lyon,

Sur son élection au Conseil départemental.

ÉPITRE.

Cives, dilecto civi!

Qu'un pouvoir avili chaque jour nous révèle
D'un cynisme effronté quelque preuve nouvelle ;
Qu'à *Pritchard*, à *Cubière*, à tant de faits honteux ,
Petit vienne ajouter un début scandaleux ;
Par d'odieux excès la mesure est comblée...
La France qu'on outrage, enfin s'est éveillée ,
Et Lyon, en ce jour, a jeté , par ton nom ,
Anathême et mépris à la corruption.

Elu de ton pays, ta tâche est noble et belle !
Un glorieux mandat est commis à ton zèle,
Comme un heureux prélude à des honneurs nouveaux.
L'avenir te destine à de plus grands travaux.
Bientôt nous te verrons député populaire,
De la démocratie arborant la bannière ,
Dédaignant les faveurs et les dons du pouvoir ,
Fidèle à ton passé , remplir un saint devoir.

Accueille ces accents d'une voix indiscrète
De tes nombreux amis trop indigne interprète,
Ma Muse , qui toujours conserva sa fierté,
Ne sait trouver des chants que pour la LIBERTÉ !

ÉPITAPHE

Proposée pour le Monument de Caussidière (*).

D'un simple citoyen la dépouille mortelle
A l'ombre d'un cyprès repose en ce saint lieu.

(*) Ferdinand CAUSSIDIÈRE, vétéran de l'armée d'Egypte , employé au journal la *Réforme* et père du célèbre Marc *Caussidière*, fut l'un des combattants d'Avril 1834. Il est mort avant d'avoir vu s'accomplir le rêve de toute sa vie, la proclamation de la République.

Il aima la patrie , il combattit pour elle ;
La voir heureuse et libre était son plus doux vœu.
Nos larmes ont coulé sur sa modeste pierre :
Nos mains parent de fleurs la demeure dernière
De l'homme juste et bon qui dort au sein de Dieu.

AU PEUPLE.

> . . . . . qu'il se lève
> Celui qui jetterait ou la pierre, ou le glaive
> A ton jour d'indignation.
> LAMARTINE.

ODE.

Quel cri de triomphe et de gloire ,
Redit par mille échos, vient de frapper les airs !
    Ecoutez ce chant de victoire
    Qui retentit dans l'Univers.
Peuples ! applaudissez au réveil de la France ,
Saluez ce signal de votre délivrance
    Longtemps appelé par vos vœux.
De notre république , arborez la bannière.
Son jour est arrivé..... Pour régner sur la terre
    La liberté descend des cieux !

    Honneur à tes fils magnanimes ,
PARIS ! ils ont donné l'exemple généreux.
    Ajoute à tes fastes sublimes
    Trois jours à jamais glorieux.
Vaincre et punir les rois voilà ta destinée !
La France avec orgueil nomme sa fille aînée.
    Reçois l'hommage de tes sœurs ,
Noble Cité ! toujours tu marchas la première
A l'heure du danger... mais de ta voix guerrière
    Les sons arrivent à nos cœurs.

    Lorsque , dans son aveugle rage ,
Un pouvoir odieux , bravant toutes les lois ,
    Voulait réduire à l'esclavage
    Un peuple jaloux de ses droits ,
Sans doute, il se berçait, dans sa folle arrogance
D'un rêve de succès..... chimérique espérance ,

Détruite aujourd'hui sans retour.
La France a déjoué les complots des perfides ,
Et de la royauté les projets parricides
    Sont confondus en un seul jour.

    Frappez toujours , frappez encore ,
Séïdes des tyrans ! de ce généreux sang
    Chaque goutte doit faire éclore
    Autour de vous un combattant.
Au signal du tocsin , le peuple se rallie;
Le citoyen qui tombe et meurt pour la patrie
    Voit un vengeur à son côté.
Sous la mitraille en feu , la phalange héroïque
S'avance en répétant l'hymne patriotique ,
    Inspiré par la liberté.

    De la royauté qui succombe
Le râle s'est éteint dans un dernier soupir.
    Elle a vécu... demain la tombe
    S'ouvrira pour l'ensevelir.
Le sceptre qui pesait à sa main défaillante ,
Roule et tombe brisé dans la fange sanglante
    Où le pied des rois a glissé :
Le monde ouvrant les yeux aux lueurs de la foudre ,
Voit les débris fumants d'une couronne en poudre
    Auprès d'un trône renversé.

    France ! la liberté t'appelle.
L'Europe avec transport se jette entre tes bras;
    Marche ! dans ta route nouvelle,
    Tous les peuples suivront tes pas;
Tes fils de leurs aïeux retrouveront la trace.
Les despotes du nord ont perdu leur audace ;
    Saisis de vertige et d'effroi,
Ils voudraient reculer cette lutte dernière,
Et leurs regards tremblants cherchent sur la frontière
    Les étendards du *Peuple-Roi !*

    Que le grand œuvre s'accomplisse !
Proscrivons les abus, leur règne doit finir ;
    Laissons enfin à la justice
    Le soin de régler l'avenir.
Trop longtemps on a vu l'artisan prolétaire
Paria dédaigné, mendier un salaire
    Qu'escompte le riche orgueilleux.

Qu'il ne gémisse plus, en proie à l'indigence :
De VIVRE EN TRAVAILLANT donnons-lui l'espérance ;
   Assurons-lui des jours heureux.

   Guerre au traître ! guerre au parjure !
France ! en tes jours nouveaux, repousse de ton sein
   Les vils fauteurs de l'imposture
   Et *les héros du lendemain ;*
Leur souffle ternirait les pages de ta gloire.
Viendraient-ils réclamer le prix de la victoire !
   Doivent-ils en ravir le fruit ?
Que des frelons impurs la troupe paresseuse
Ne puisse dépouiller l'abeille travailleuse
   Du miel qu'elle seule a produit.

   A vous, dont l'ardeur héroïque
Vient d'ouvrir pour la France une ère de bonheur ;
   A vous la couronne civique,
   Prix du courage et de l'honneur !
Citoyens ! achevez votre tâche immortelle :
La patrie, en ce jour, confie à votre zèle
   Le trésor de sa liberté !
Dans les âges futurs, proclamés par l'histoire,
Vos noms seront inscrits au livre de mémoire
   Des mains de la postérité.

LE RÉVEIL DU PEUPLE.

AIR : *de la Sentinelle.*

Quel nob'e cri fait retentir les airs ?
Entendez-vous ces chants de la victoire ?
La France enfin se montre à l'Univers
Dans la splendeur de son antique gloire,
   Et les échos ont répété
   Le nom sacré qui nous rallie.
   De l'honneur, de la liberté,   (*bis*)
   La France est toujours la patrie,
     Oui la patrie.

Un nouvel astre apparaît dans les cieux,
Et de ses feux l'horizon se colore ;

Un jour serein se lève radieux ;
A nos regards déjà brille l'aurore...
    Divin rayon ! par ta clarté
    Réchauffe notre âme ravie.
    Doux soleil de la liberté !   *(bis)*
    Viens féconder notre patrie ,
        Notre patrie.

Nos trois couleurs resplendiront encor
D'une éclatante et sublime auréole ;
Nous te verrons reprendre ton essor,
Noble étendard d'Austerlitz et d'Arcole !
    Pour briser un joug détesté
    Vole aux plaines de l'Italie ;
    Le drapeau de la liberté   *(bis)*
    Doit y trouver une patrie ,
        Une patrie.

Les rois en vain conspirent contre nous ;
Pour les frapper, au loin gronde la foudre ;
Leur règne expire... et demain , sous nos coups
Verra rouler leurs sceptres dans la poudre.
    Vive à jamais l'égalité !
    Guerre à l'infâme tyrannie.
    Sainte et puissante liberté !   *(bis)*
    Que l'Univers soit ta patrie ,
        Soit ta patrie.

Eveillez-vous à nos mâles accents ,
Peuples courbés sous d'indignes entraves !
Rompez les fers rivés par vos tyrans ;
Ne portez plus les chaînes des esclaves.
    Au nom de la fraternité
    Notre voix s'élève et vous crie :
    A la céleste liberté ,   *(bis)*
    Peuples ! donnez une patrie ,
        Une patrie.

LES ROIS S'EN VONT.

AIR : *Du Dieu des bonnes gens.*

Hier encore, une étoile brillante,
A l'horizon éblouissait les yeux ;

Elle a pâli... de sa clarté mourante
Un voile obscur couvre les derniers feux.
De ce soleil égaré dans l'espace
A nos regards l'éclat s'est effacé ;
Bientôt en vain nous chercherons sa trace,
Les Rois s'en vont, leur astre est éclipsé.   (*bis*)

Assez longtemps on a vu sur la terre
Le despotisme assouvir ses fureurs ;
Il est fini son règne sanguinaire ;
Le sceptre échappe aux mains des oppresseurs.
Le ciel enfin, confondant leur audace
Venge sur eux les crimes du passé.
D'un joug honteux le monde entier se lasse ;
Les Rois s'en vont, leur astre est éclipsé.   (*bis*)

Elle a sonné l'heure de délivrance,
Pour les tyrans ce jour sera fatal.
Peuples ! debout ! les enfants de la France
De la victoire ont donné le signal.
D'un Roi parjure ils proscrivent la race.
Tel est le prix d'un orgueil insensé.
Il faut toujours que justice se fasse.
Les Rois s'en vont, leur astre est éclipsé.   (*bis*)

Fille du ciel ! trop longtemps exilée,
Dans nos cités viens régner à ton tour,
O Liberté ! par nos vœux appelée,
Fixe à jamais parmi nous ton séjour :
Chez les tyrans ton nom fut en disgrâce :
Mais tu parais, leur empire est passé.
Ton bras vainqueur les poursuit et les chasse ;
Les Rois s'en vont, leur astre est éclipsé.   (*bis.*)

Accours enfin, vierge pure et féconde,
Et sur tes pas naîtra l'*Egalité !*
Ton culte saint doit préparer le monde
Au règne heureux de la *Fraternité !*
Que ton autel prenne aujourd'hui la place
D'un trône impur dans le sang renversé.
De l'univers tu dois changer la face ;
Les Rois s'en vont, leur astre est éclipsé.   (*bis*)

TRIOMPHE DE LA DÉMOCRATIE.

ODE A NAPOLÉON.

> Dans 50 ans l'Europe sera
> Cosaque ou République,
> (*Napoléon à Ste-Hélène.*)

Tel on voit dans les airs l'aigle fendant la nue,
Dans son rapide vol sillonnant l'étendue,
Jusqu'au char du soleil s'élever dans les cieux;
Et, se couvrant des jets de l'ardente lumière,
  Redescendre sur la terre
  Etincelant de feux.

Tel, le grand Empereur, l'illustre capitaine,
Solitaire et captif sur la plage lointaine,
Egarait sa pensée aux champs du souvenir;
Mais bientôt son génie, emporté dans l'espace,
  Interrogeait la trace
  Des jours de l'avenir.

C'est alors qu'entraîné par un élan sublime,
Plein du céleste feu qui l'éclaire et l'anime,
Le vainqueur de l'Europe et le maître des rois,
Lançant à l'univers un arrêt prophétique,
  Du sein de l'Atlantique
  Fit entendre sa voix.

« Peuples, écoutez tous... le siècle qui commence
« Porte votre esclavage ou votre indépendance;
« Deux destins sont promis à ce vieil univers,
« La liberté féconde ou le joug despotique,
« Et l'Europe, demain, *Cosaque ou République*,
« Chassera les tyrans ou traînera des fers ! »

Ainsi, des jours futurs le mystère insondable
A vu tomber pour toi son voile impénétrable;
Napoléon ! pour toi l'avenir a parlé.
Le ciel même inspirait sur la rive africaine
  L'homme de Sainte-Hélène,
  Le héros exilé !

Fils de Lœtitia ! si cher à la Victoire,

Tressaille de bonheur sous ton linceuil de gloire !
Le progrès a marché..... ton présage est rempli,
Des rois qui t'ont proscrit le jour fatal s'apprête,
Sois béni, grand prophète !
L'oracle est accompli.

Laissant dans ton cercueil la pourpre et la couronne,
Lève-toi, Général !... l'éclat qui t'environne
Plus que le diadème, éblouit nos regards.
La France se souvient que ton bras héroïque
A de la République
Porté les étendards.

Oui, ton astre brilla d'un reflet populaire
Lorsque, dans Marengo, ton glaive consulaire
Renversait à tes pieds les aigles des Germains ;
Lorsque dictant la paix, et chef d'un peuple libre,
Du Danube et du Tibre
Tu fixais les destins.

L'exil et le trépas, noble soldat d'Arcole !
Consacrent de ton nom l'immortelle auréole ;
Le manteau du Consul protège l'Empereur.
La France, toujours juste et toujours magnanime,
Par un arrêt sublime,
Absout le Dictateur.

Lève-toi, lève-toi, pour voir dans ta patrie
Le trône renversé, la royauté bannie ;
Vois le noir Océan rouler dans son limon
Deux sceptres en débris, vains jouets de l'orage,
Poussés par le naufrage
Aux grèves d'Albion !

Vois planer sur les rois le démon du vertige :
Leur orgueilleux pouvoir a perdu son prestige ;
De leur front tombera le bandeau qui le ceint.
Les peuples ne croient plus à la vaine chimère
D'un titre héréditaire
D'un vieux nom qui s'éteint.

Ton cri de liberté, France républicaine !
Retentira bientôt du Tage au Borysthène ;
Il ira réveiller le cosaque du Don.
L'écho le portera des monts de l'Helvétie

Aux steppes de Russie,
Aux mers de l'Hellespont.

Le monde est ébranlé.. la lutte se prépare ;
En vain les rois du Nord foulent d'un pied barbare
Le laurier de la tombe où dort Poniatowski ;
Pologne ! tu verras, pour guider ta bannière,
    Sortir de la poussière
    L'ombre de Sobieski.

Comme un autre phénix, de ta cendre immortelle,
Tu renais, aigle blanc... la vengeance t'appelle
Aux bords de la Newa, sur le palais des Czars.
Debout, généreux fils de la Scandinavie !
    Courez de Varsovie
    Relever les remparts.

Ouvrez dans votre sein, flots de l'Adriatique,
Une tombe sanglante au vautour germanique.
Noble reine des mers, arme tes gondoliers ;
Levez-vous, citoyens de Milan, de Pavie !
    Terre de Lombardie !
    Enfante des guerriers.

Du Nord à l'Orient, un même cri s'élance ;
Peuples, entendez-vous ? pour votre délivrance
Une invisible main agite le beffroi.
C'est l'heure d'affranchir le sol de vos ancêtres,
    Et de punir ces maîtres
    Qui vous dictaient la loi !

Sur son char triomphal, la liberté s'avance,
Son invincible bras a fait vibrer sa lance ;
Partout des défenseurs accourent sur ses pas ;
Et frappant de terreur les tyrans, les esclaves,
    Elle entraîne les braves
    Dans le champ des combats.

Les temps sont arrivés pour la démocratie ;
La France est son berceau, le monde sa patrie.
Conservé par nos mains, ce trésor précieux,
Glorieuse conquête, immortel héritage,
    Passera d'âge en âge
    A nos derniers neveux !

LIBERTÉ, ÉGALITÉ, FRATERNITÉ.

Cantate Républicaine.

1er RÉCITATIF.

Reprends avec orgueil, ô ma noble patrie !
Ton glaive redouté, ta force et ta splendeur ;
Des enfants de Paris le sang t'a rajeunie ;
Les *jours de Février* ont montré ta grandeur !

Chant.

Mânes de nos pères !
Mânes de nos frères !
Quittez vos suaires !
Voyez nos drapeaux !
Ombres de nos pères !
Ombres des héros !
Heureuses et fières,
Sortez des tombeaux !

Chœur.

Heureuses et fières,
Sortez des tombeaux,
Ombres de nos pères !
Ombres des héros !

2e RÉCITATIF.

France ! tes souvenirs de triomphe et de gloire
Parleront de tes fils à la postérité ;
Les fastes immortels de ta brillante histoire
Inscriront désormais des jours de liberté.

Chant.

Royauté flétrie ,
Puissance avilie ,
Nos bras t'ont punie.
Las de tes forfaits ,
Le ciel t'a bannie
Du beau sol français.
Royauté flétrie ,
Maudite à jamais !

Chœur.

Royauté flétrie ,
Maudite à jamais !

Le ciel.t'a bannie
Du beau sol français.

II.

1er RÉCITATIF.

Soleil de LIBERTÉ ! lève-toi sur le monde !
Astre majestueux, perçant l'obscurité,
De l'esclavage honteux chasse la nuit profonde ;
Parais à nos regards tout brillant de clarté !

Chant.

Eclatante aurore,
Le monde t'implore :
Hâte-toi d'éclore ;
Accours à nos vœux !
Eclatante aurore,
D'un jour radieux,
Hâte-toi d'éclore
Sous l'azur des cieux.

Chœur.

Hâte-toi d'éclore
Sous l'azur des cieux,
Eclatante aurore
D'un jour radieux !

2e RÉCITATIF.

Céleste ÉGALITÉ ! sous ta loi symbolique
D'une ère de bonheur va commencer le cours,
Ton règne accomplira le *Verbe prophétique :*
Les peuples vont bientôt connaître d'heureux jours.

Chant.

Sublime Évangile !
D'un culte servile,
Barrière inutile
Qu'opposent les rois,
L'idole fragile
S'écroule à ta voix.
Sublime Evangile !
Nous suivrons tes lois.

Chœur.

Sublime Evangile !
Nous suivrons tes lois ;
L'idole fragile
S'écroule à ta voix.

3ᵉ RÉCITATIF.

Douce FRATERNITÉ! ta parole touchante
Eveille un noble écho dans les cœurs des mortels;
La discorde à tes pieds vient tomber expirante;
L'univers affranchi t'élève des autels.

Chant.

A notre prière
Tu descends sur terre.
Ton règne prospère
Comble nos souhaits.
Sainte messagère
D'amour et de paix!
Répands sur la terre
Tes divins bienfaits.

Chœur.

Répands sur la terre
Tes divins bienfaits,
Sainte messagère
D'amour et de paix!

III.

1ᵉʳ RÉCITATIF.

Les rois ont trop longtemps, dans les champs de la guerre
Prodigué notre sang pour servir leurs fureurs;
Peuples! ralliez-vous sous la même bannière,
Combattez, punissez d'infâmes oppresseurs!

Chant.

Phalange intrépide!
Dieu même te guide;
Sa puissante égide
Couvre tes soldats.
Le ciel qui préside
Au sort des combats,
Phalange intrépide!
Veille sur tes pas.

Chœur.

Phalange intrépide!
Au jour des combats,
La céleste égide
Couvre tes soldats.

2° RÉCITATIF.

Oui , le ciel soutiendra vos efforts héroïques ,
Peuples qui combattez pour défendre vos droits !
Sa foudre brisera les sceptres tyranniques ,
Et les trônes souillés par les crimes des rois.

Chant.

De la délivrance
Le grand jour s'avance ,
N'es-tu pas , ô France !
Le soldat de Dieu !
Pour l'indépendance ,
Pleins d'un noble feu ,
Peuples ! de la France
Répétez le vœu.

Chœur.

Peuples ! de la France
Répétez le vœu ,
N'es-tu pas , ô France !
Le soldat de Dieu !

UN SOUVENIR A LA POLOGNE.

Exoriare nostris ex ossibus ultor !
VIRGILE.

CANTATE FUNÈBRE.

SOLO.

Dormez ! mais quand viendra le jour de délivrance
Dieu vous réveillera ! JUSTICE , alors ! VENGEANCE !

RÉCITATIF.

Ils sont tombés les fils des Slaves,
Enveloppés des plis de leur noble drapeau !
Qu'un immortel laurier ombrage leur tombeau !
Honneur à la cendre des braves !

Gloire à vous , généreux soldats !
La victoire a longtemps fait triompher vos armes ,

Et tous les Polonais , en vous donnant des larmes ,
    Envient votre beau trépas !

Héros chéris de la patrie ,
La mort vous épargna de sinistres tableaux ;
Et vos yeux n'ont pas vu, sous le fer des bourreaux ,
    Le sang inonder Varsovie !

Vous tressaillez sous vos linceuils ,
Mânes de nos guerriers , dont la Pologne est fière !
Vos frères exilés sur la rive étrangère ,
    Viennent pleurer sur vos cercueils.

CHOEUR,

Dormons, mais quand viendra le jour de délivrance
Dieu nous réveillera !..JUSTICE, alors ! VENGEANCE !

SOLO.

Dormez, ô saints martyrs ! au jour de délivrance ,
Vous vous réveillerez pour réclamer vengeance.

RÉCITATIF.

Les déserts de la Sibérie
D'innombrables captifs recueillent les soupirs ;
La fureur des tyrans réserve des martyrs
    Aux égorgeurs de Gallicie.

Sur les ruines de nos cités ,
Des tigres couronnés assouvissent leur rage ,
Où fuir ? grand Dieu ! partout la honte et l'esclavage
    Frappent nos regards attristés.

CHOEUR.

Dormons , humbles martyrs, au jour de délivrance,
Nous nous réveillerons pour réclamer vengeance.

SOLO.

Dormez mânes plaintifs ! au jour de délivrance ,
Vous vous éveillerez, à nos cris de vengeance.

RÉCITATIF.

Des rois les ministres pervers
Massacrent des enfants..... les mères palpitantes ,

Sous le knout meurtrier, vont expirer sanglantes !
Les vieillards sont chargés de fers !

Consolez-vous, tristes victimes !
Le ciel prendra pitié de vos longues douleurs ;
Et sa justice garde à vos persécuteurs
Le châtiment de tous leurs crimes !

CHOEUR.

Dormons, dormons encore : au jour de délivrance,
Nous nous éveillerons à vos cris de vengeance.

SOLO.

Dormez.... quand sonnera l'heure de délivrance,
Levez-vous pour guider vos fils à la vengeance.

RÉCITATIF.

Bannis des foyers de nos pères,
De nos murs abattus, de nos toits dévastés,
Nous quittons, en pleurant, des champs ensanglantés
Par les assassins de nos frères.

Comme les tribus d'Israël
Proscrits et fugitifs, cherchant une patrie,
Nous portons au hasard, loin de la tyrannie,
Nos pas égarés sous le ciel.

CHOEUR.

Dormons..... quand sonnera l'heure de délivrance,
Levons-nous pour guider nos fils à la vengeance.

SOLO.

Dormez, ombres des preux !... le jour de délivrance
Vous trouvera debout, armés pour la vengeance

RÉCITATIF.

Des jours brillants de notre histoire
Europe ! oublies-tu les fastes glorieux
De tes libérateurs, de nos vaillants aïeux,
As-tu donc perdu la mémoire ?

Souviens-toi que leur fer vainqueur
Des Ottomans jadis renversa la bannière ;
Le bras de Sobieski te servit de barrière
Contre un torrent dévastateur.

<CHOEUR.>

Dormons, et quand viendra le jour de délivrance
Nous serons tous debout, armés pour la vengeance.

SOLO.

Dormez, Français du nord ! l'heure de délivrance
Amènera bientôt celle de la vengeance.

RÉCITATIF.

Naguère, au temps de vos alarmes,
Français ! nous combattions pour défendre vos droits ;
D'un fidèle allié reconnaissez la voix ;
Nos guerriers sont vos frères d'armes.

O France ! sous tes étendards
Nous avons de tes fils suivi la destinée ;
Et maintenant, hélas ! ta sœur abandonnée
Voit tomber ses derniers remparts.

CHOEUR.

Dormons, oh ! oui dormons : l'heure de délivrance
Amènera bientôt celle de la vengeance.

SOLO.

Dormez... il doit venir le jour de délivrance,
Tu sonneras alors, tocsin de la vengeance !

RÉCITATIF.

Après une lutte héroïque,
Un peuple en succombant jette un cri de douleur...
Nations ! levez-vous, secouez la torpeur
De votre sommeil léthargique.

Au nom de la fraternité !
Armez-vous, secourez la Pologne expirante ;
Il est temps de former une ligue puissante,
En faveur de la liberté !

CHOEUR.

Dormons... il doit venir le jour de délivrance,
Tu sonneras alors, tocsin de la vengenace !

SOLO.

Dormez, nobles héros ! le jour de délivrance ,
Verra vos descendants armés pour la vengeance.

RÉCITATIF.

Peut-être , de nos descendants
Un plus heureux destin secondant le courage ,
Quelque jour, en leurs mains remettra l'héritage
    Ravi par d'odieux tyrans.

Ils sauront , dignes fils des Slaves ,
Imiter leurs aïeux et marcher sur leurs pas ;
Ils sauront préférer un glorieux trépas
    Aux fers que traînent les esclaves.

CHOEUR.

Dormons , et quand viendra le jour de délivrance
Nous verrons tous nos fils armés pour la vengeance.

SOLO.

Dormez en attendant l'heure de délivrance ,
Il approche le jour marqué pour la vengeance.

RÉCITATIF.

Un jour, au lieu de leur naissance ,
Le ciel ramènera les tristes exilés !
O Patrie ! en ton sein tes enfants rappelés
    Pourront oublier leur souffrance.

Oui , quand la liberté viendra
Relever tes remparts de ses mains triomphantes ,
Sur les débris épars de tes villes fumantes
    Ton peuple se réveillera.

La Pologne alors rajeunie
Verra son *Aigle blanc* s'élancer vers les cieux ;
Et nos bras déployeront l'étendard glorieux
    Du *Cavalier de Lithuanie.*

Alors , du fond de leurs cercueils ,
Pour l'effroi des bourreaux surgiront les victimes.
Des martyrs, des héros les ombres magnanimes
    Dépouilleront leurs froids linceuils.

CHOEUR.

Dormons, en attendant l'heure de délivrance ;
Il approche le jour marqué pour la vengeance.

A LAMARTINE.

Et quô fata trahunt virtus secura sequetur.
LUCAIN.

DITHYRAMBE.

Un nom, tout rayonnant des splendeurs du génie,
Répond aux mots sacrés d'honneur et de patrie :
    Ce nom glorieux, c'est le tien !
Athlète courageux de notre indépendance,
LAMARTINE ! reçois aujourd'hui de la France
    La palme du grand citoyen !

Par de nobles travaux ta carrière remplie
Lègue un bel héritage à la postérité ;
Un seul des jours inscrits aux pages de ta vie
Assurerait tes droits à l'immortalité !

Hier, plein des transports d'un sublime délire,
Dans ton brillant essor tu t'élançais aux Cieux ;
Sous tes doigts résonnaient les cordes de la lyre ;
Ta muse soupirait en vers mélodieux.

Bientôt devant tes pas s'ouvrit une autre arène,
Et déjà couronné des lauriers de Byron,
Tu révélas au monde un nouveau Demosthène,
Un rival de Tacite et du divin Platon.

Puis un jour se leva, terrible et mémorable,
Où s'accomplit du ciel l'arrêt irrévocable.
A ce cri généreux, *vengeance* et *liberté !*
Paris vole au combat... en vain le bronze tonne.
Le peuple triomphant, sous les débris du trône,
    Ensevelit la Royauté !

Ce fleuve débordé roule et couvre la plage...
Quel pilote osera, s'exposant au naufrage,

Sauver l'arche sainte des lois !
Tu parais... et ton nom oppose une barrière
A ces flots irrités... le torrent populaire
        S'arrête et s'apaise à ta voix.

C'était peu d'étouffer la discorde sanglante ,
Tu brises du bourreau la hache menaçante ,
Tu lances l'anathème aux trônes absolus ;
Et la France à son tour, par un juste suffrage ,
Veut inscrire dix fois ton nom d'heureux présage ,
        Sur la liste de ses élus.

Mais, triomphe et faveurs n'enivrent point ton âme ;
L'orgueil aveugle-t-il ceux que la gloire enflamme !
        En vain , on te porte au pouvoir,
Tu le refuserais, étranger à l'envie ,
Si cet autre tribun (1) qu'honore la patrie
        Près de toi ne venait s'asseoir.

Tous deux vous méritez la couronne civique
Car au jour du danger, pour notre république ,
        Vous combattiez au même rang.
Et tu n'as pas voulu laisser à l'injustice
Le droit de proclamer que tu fus le complice
        D'un ostracisme flétrissant.

Honneur à toi qui , calme au sein de la tempête ,
Au-dessus des partis et des lâches complots,
Elèves immobile et sereine ta tête ,
Comme un roc assailli par la fureur des flots.

Constant dans ses desseins , le juste est intrépide ;
Il marche d'un pas ferme au but qu'il s'est prescrit ,
Le devoir est sa loi , l'honneur est son seul guide ,
Il craint peu le présent , l'avenir lui sourit.

Ainsi nous te verrons, à ta gloire fidèle ,
Au faîte des grandeurs où le pays t'appelle ,
        Remplir un noble vœu !
Le ciel même a gravé dans ton cœur magnanime
Ces trois mots solennels , ta devise sublime ,
        LIBERTÉ , FRANCE et DIEU.

(1) Le citoyen *Ledru-Rollin*.

LA DERNIÈRE NUIT DE VARSOVIE.

CANTATE RELIGIEUSE.

1er RÉCITATIF.

L'ange noir de la mort planait sur Varsovie,
Les drapeaux ennemis flottaient sur ses remparts ;
Des femmes, des enfants, bannis de leur patrie,
Fuyaient sous d'autres cieux en maudissant les Czars !

Le soir était venu, jetant ses voiles sombres
Sur les débris fumants de la triste cité !
Au milieu des tombeaux, on vit deux blanches ombres,
C'étaient deux nobles sœurs : La FOI, la LIBERTÉ !

Et toutes deux semblaient s'éloigner de la terre,
Pour remonter ensemble au séjour des heureux.
L'immortelle auréole, éclatante lumière,
Rayonnait sur le front de ces enfants des cieux.

Mais leurs larmes coulaient pour une cause sainte.
D'un peuple généreux déplorant le malheur,
Leurs sanglots s'unissaient dans une longue étreinte...
La *Liberté* plaintive exhala sa douleur.

CANTABILE.

Pleurons, ma sœur, la Pologne expirante :
Pleurons ses fils : ils sont morts en héros !
Dans les combats, d'une main défaillante,
De l'*aigle blanc*, ils serraient les lambeaux.
Le Russe esclave, aux murs de Varsovie,
De son tyran sert l'aveugle fureur ;
Et tous nos preux ont terminé leur vie :
Sur leurs tombeaux pleurons, pleurons, ma sœur !

Peuple martyr ! au sein de tes alarmes !
En vain ta voix appela l'amitié.
La France, hélas ! te refusa ses armes ;
Et tu n'obtins des droits qu'à la pitié !...
De tes enfants l'héroïque vaillance
A succombé dans un suprême effort.
Pour étouffer ton cri d'indépendance,
Les potentats ont décrété ta mort.

Nous l'avons vu, ma sœur, ce jour funeste
Où le Baskir, dans nos murs désolés,
Le glaive en main, exterminait le reste
De nos soldats, sous le nombre accablés.
Et maintenant, dans les cachots infâmes,
Par les tyrans, nos frères sont plongés...
Frappez, bourreaux ! ces enfants et ces femmes...
Ils vont mourir... mais ils seront vengés !

Le feu, le fer, ont dévasté ces rives...
Tristes débris d'un peuple malheureux,
Loin de leurs champs, des familles captives
Vont expirer sous un ciel rigoureux.
D'autres, pour fuir les déserts moscovites,
Quittant demain leur chaume ensanglanté,
Chez l'étranger iront, tribus proscrites,
Manger le pain de l'hospitalité !

Pleurons, ma sœur, la Pologne expirante, etc.

2e RÉCITATIF.

Les deux Vierges, alors, se tenant enlacées
Dans un embrassement fraternel et pieux,
Unissaient leurs soupirs, confondaient leurs pensées,
Et leurs bras suppliants s'élevaient vers les cieux.

La liberté pressait sa compagne fidèle
Sur son sein palpitant d'amour et de douleur ;
La route de l'exil allait s'ouvrir pour elle ;
L'approche du départ avait brisé son cœur.

Et toutes deux pleuraient, à genoux sur la pierre,
Implorant la pitié du maître des humains ;
Leurs lèvres murmuraient la fervente prière
Qui monte d'un cœur pur au trône des destins.

Mais aux décrets d'en haut que leurs yeux savent lire,
Les anges voient écrits les oracles de Dieu.
Pleine du feu divin qui l'éclaire et l'inspire,
La Foi donne à sa sœur un long baiser d'adieu.

CANTABILE.

Adieu, ma sœur ! adieu, toi qu'on exile !
Pour féconder de plus heureux climats,
Quitte ces bords où tu n'as plus d'asile ;

Va, *Liberté !* mes vœux suivront tes pas !
Le monde, un jour, verra ta main puissante
Chasser les rois devant ton char vainqueur.
Pour revenir près de moi triomphante ,
Pars, il le faut..... Adieu, ma tendre sœur !

Porte en tous lieux, divine vagabonde !
Ton nom proscrit et ta touchante voix.
Fille du ciel , en parcourant le monde ,
Dis nos malheurs , dis les crimes des rois.
Livre au hasard ta course aventureuse ;
Prie en marchant , comme le pèlerin ;
Dieu bénira la noble voyageuse ,
En la guidant dans son rude chemin !

De la Pologne , aux rives de la France ,
Avec ferveur garde le souvenir ;
A ses enfants va porter l'espérance ,
Des jours meilleurs que promet l'avenir.
Mais le printemps ramène l'hirondelle !
Vers la Vistule un jour tu reviendras ;
Dieu l'a promis : sa parole est fidèle ;
Près de ces bords tu me retrouveras.

Pars, obéis au destin qui t'entraîne ,
Franchis les monts et traverse les mers.
Pour moi, je reste... Un saint devoir m'enchaîne
Sur ces débris, sur ces remparts déserts.
Quand la Pologne , aux bourreaux est livrée ,
Je dois veiller auprès de son cercueil ,
Et pour couvrir la victime sacrée ,
De mon manteau je dois faire un linceuil.

Adieu, ma sœur ! adieu, toi qu'on exile ! etc.

⊰⧓⊱

AUX REPRÉSENTANTS DU PEUPLE.

ÉPÎTRE.

Macte animo , cives.

O vous ! qui du pouvoir tenez en main les rênes,
N'égarez point vos pas aux routes incertaines
Où se traînait naguère un système pervers

Qui trahissait la France et lui donnait des fers.
L'avenir devant vous ouvre une belle page :
De la postérité méritez le suffrage ;
Poursuivez, sans retard, vos glorieux travaux !
De l'arbre social, élaguant les rameaux,
Emondez hardiment la branche décrépite ;
Frappez, déracinez la plante parasite ;
Bientôt dans le vieux tronc, coulant en liberté,
La sève y répandra vie et fécondité.
Chasssez avec mépris ces traîtres, ces parjures,
Avides mendiants, gorgés de sinécures ;
Punissez, de Baal, les prêtres imposteurs ;
Renversez le veau d'or sur ses adorateurs.

Représentants ! songez à l'espoir de la France...
Le peuple a trop souffert de cette indifférence
Qui fit pleuvoir sur nous un déluge de maux,
Et livra la patrie à d'horribles fléaux.
Oui, le lâche égoïsme, auteur de notre ruine,
Au sein de nos cités suscita la famine.
C'est lui qui, réveillant la haine dans les cœurs,
De la guerre civile appela les fureurs.
Mais à l'humanité si ce monstre est rebelle,
Frappez-le... Déjouez sa trame criminelle.

Le deuil est parmi nous... les yeux sont attristés
Par l'effrayant tableau de nos calamités.

. . . .

Mais prend-il en pitié le sort du prolétaire,
Celui dont l'avarice exploite la misère ?
En vain l'humanité veut élever la voix...
Pour une race abjecte existe-t-il des droits ?
Du *paria* maudit qu'importe la souffrance
A l'orgueilleux Nabab qui vit dans l'opulence !
Au fond de son palais où règnent les plaisirs,
De la faim suppliante entend-il les soupirs ?
A lui des voluptés la coupe enchanteresse,
A lui tout le bonheur que donne la richesse.
Comblé de tant de biens, il voit la pauvreté
Comme une ombre au tableau de sa prospérité.
Et, tandis que lassé du bal et de la fête,
L'oisif sur le duvet va reposer sa tête,
Le *laboureur*, ouvrant le fertile sillon,
Pour le riche seigneur prépare la moisson.

Loin du jour et des cieux, au fond de ces abîmes
Où la soif du métal engloutit ses victimes,
Le *mineur* à la terre arrache ces trésors
Qui doivent des heureux remplir les coffre-forts.
Pour vous seuls l'artisan travaille sans relâche,
Favoris de Plutus ! Et pourtant, de sa tâche
Un salaire escompté sera l'unique fruit.
De ses rudes labeurs à vous tout le produit.
Puis, quand du travailleur la force est abattue,
Quand le besoin le livre à la fièvre qui tue,
Désertant, mais trop tard, un atelier fatal,
Il va trouver la mort sur un lit d'hôpital ;
Pour legs à ses enfants il laisse l'infortune,
La mansarde fétide et la fosse commune.

. . . .

. . . .

Jetterez-vous enfin , hommes durs et blasés !
Un regard sur les maux que vous avez causés ?
Ah ! si vous repoussez le malheur qui vous prie,
N'écouterez-vous point la voix de la patrie ?
Attendrez-vous que l'ange au glaive flamboyant
Se dresse à vos côtés, fantôme menaçant !
Arrière... un pas de plus vous mène au précipice
Que creusent sous vos pieds l'orgueil et l'injustice.
Vous livrez au hasard un imprudent enjeu ;
Le peuple est ici-bas le pupille de Dieu !....

Représentants, à l'œuvre !... Au mal qui le dévore
Arrachez le pays... vous le pouvez encore.
Le temps fuit... hâtez-vous, car la faim n'attend pas !
Un peuple gémissant étend vers vous les bras.
Dans nos murs désolés, séjour de l'indigence,
Rétablissez la paix, ramenez l'abondance ;
Que *le droit au travail*, désormais consacré,
D'un meilleur avenir soit le gage assuré,
Et, pour changer enfin le sort du prolétaire,
Pesez dans la balance et *l'œuvre* et *le salaire*.
Pour base de nos lois adoptant l'équité,
Sur le bonheur de tous fondez la liberté ;
Et, suivant le progrès dans sa route éternelle,
Méritez à vos noms une gloire immortelle.
Songez que l'univers fixe sur vous les yeux ;
Dans le rude sentier qu'ont ouvert nos aïeux,
Vers un but noble et grand marchez d'un pas rapide ;

La trace des géants vous servira de guide ;
Et, dans la sainte ardeur d'un magnanime effort,
D'une nation libre encouragez l'essor.
Alors tous les enfants de notre République
S'uniront sous les plis du drapeau symbolique.
La douce *Egalité*, régénérant nos mœurs,
Au *culte fraternel* disposera les cœurs.

A l'œuvre ! car le ciel à l'horizon est sombre ;
De sinistres éclairs étincellent dans l'ombre ;
La foudre, avec fracas, roule dans le lointain.
Ah ! ne renvoyez pas votre tâche à demain...
Il ne serait plus temps... A peine un jour vous reste ;
Sortez, sortez enfin d'une torpeur funeste.
Quand la tempête en feu mugit autour de nous,
Sauvez-nous du péril... A l'œuvre ! hâtez-vous !

A LAMARTINE.

Souvenir patriotique

ODE.

Et le siècle hébété dit : « Voyez comme tombe
A moitié du combat chacun des combattants !»

Celui-là chanta Dieu, les idoles le tuent !
Au mépris des petits les grands le prostituent :
Notre sang, disent-ils, pourquoi l'épargnas-tu?
Nous en aurions taché la griffe populaire !
Et le lion couché, lui dit avec colère :
Pourquoi m'as-tu calmé? ma force est ma vertu.

A. LAMARTINE. *Vers à M. d'Orsay sur sa statue.*

A la grandeur, à la puissance,
Que le vulgaire offre ses vœux ;
Qu'il porte, dans son inconstance,
Son encens à de nouveaux dieux.
Guidé par un plus noble zèle,
Le poète reste fidèle,
Même au sein de l'adversité,
Et, dans un sublime délire,
Sa voix redemande à la lyre
Le nom qu'hier elle a chanté.

Ce nom, c'est le tien, LAMARTINE !
Barde, aux accents mélodieux !
Les sons de ta harpe divine
Révélaient un enfant des cieux.
Ange descendu de sa sphère,
Ta muse apportait à la terre
Les trésors de son beau séjour ;
Ses chants purs et mélancoliques
Prêtaient des charmes poétiques
Aux mots d'espérance et d'amour !

Puis un jour, amant infidèle,
Pour Clio tu quittas sa sœur;
Et, dans une lice nouvelle,
Bientôt tu parus en vainqueur.
Prenant les pinceaux de l'histoire,
Tu retraças à la mémoire
Les fastes de la liberté,
Des jours de gloire et de tempête ;
Une nuit de mort et de fête....
Un banquet de fraternité !....

Tandis que ta plume savante
Evoquait l'ombre du passé,
On entendit ta voix puissante
Maudire un pouvoir insensé.
Aux jours de honte, où la patrie
Gémissait sous la tyrannie,
Tribun, tu défendis ses droits;
Soldat de la liberté sainte,
Près d'elle tu marchas sans crainte
Contre les séïdes des rois.

Signalant notre délivrance
Par des monuments éternels,
A la Concorde, à la Clémence,
Paris élève des autels ;
Dans nos fêtes patriotiques
Retentissent ces chants civiques,
Souvenir d'un temps glorieux;
Et la France régénérée
Reprend la devise sacrée
Que proclamèrent nos aïeux.

Digne imitateur de nos pères,

Toi, né d'un sang patricien,
Aux vaines grandeurs tu préfères
Le beau titre de *Citoyen !*
Rappelant la nuit héroïque
Où, sous l'élan démocratique,
Tombèrent les vieux préjugés,
Tu détrônes le privilége...
De vingt siècles de sacrilége
Les peuples sont enfin vengés !

Que la cupidité murmure !...
Tu renverses d'injustes lois.
Malgré les clameurs de l'usure,
Les prisons s'ouvrent à ta voix.
Il n'est plus, l'antique esclavage !
Tu portes sur une autre plage
Les bienfaits de la liberté,
Et l'aurore républicaine
Répand sur la rive africaine
Les doux rayons de sa clarté.

Gloire à toi ! notre République
Sera digne d'un peuple fort.
De notre code politique
Ta main ose effacer la mort.
Fondateur d'une nouvelle ère !
Proscris la sanglante bannière
Des jours de haine et de fureurs !
Et, pour le salut de la France,
Abrite son indépendance
Sous l'égide des trois couleurs.

Ainsi nous t'avons vu naguère
Domptant l'hydre des factions,
Et de la faveur populaire
Recevant les ovations.
En un instant la scène change...
D'où vient ce dénoûment étrange ?...
Aurais-tu donc démérité ?
Non... Si le peuple t'abandonne,
Qu'importe ! ajoute à ta couronne
Le fleuron de l'adversité !

Le génie ouvre la barrière
Au char des révolutions.

Sa vive et féconde lumière
Est le flambeau des nations.
Bientôt, sur un sentier rapide,
La liberté marche sans guide ;
Sur ses pas naissent des géants.
Mais, ombrageuse à son aurore,
Comme Saturne, elle dévore
Les premiers-nés de ses enfants.

Oui, trop souvent la multitude,
Océan où grondent les flots,
A payé par l'ingratitude
Ses législateurs, ses héros !
Chantre d'*Harold* et de *Socrate*,
Comme eux, dans ta patrie ingrate,
Tu trouves de vils détracteurs...
Ainsi, l'on voit, dans tous les âges,
Le grand homme abreuvé d'outrages
Par d'infâmes blasphémateurs.

Mais la vérité te protége
Contre les fureurs des méchants ;
Laisse une horde sacrilége
Proférer des cris impuissants ;
Va, ta gloire n'est point ternie,
Et contre toi la calomnie
S'épuise en stériles efforts ;
Ton nom, proclamé par la France,
D'une juste reconnaissance
Éveille partout les transports.

Qu'un vain et subtil assemblage
De mots fatalement écrits
Paraisse un sinistre présage
A quelques timides esprits !
Dédaigne une absurde chimère,
Qu'une disgrâce passagère
A suffi pour faire accueillir.
Une page plus fortunée
Fut promise à ta destinée,
Et le temps viendra la remplir !

Jadis, pour un lointain rivage,
Tu quittas le toit paternel :
L'ardeur d'un saint pèlerinage

T'entraîna sous un autre ciel.
Tu touchas ce berceau du monde,
Cette terre illustre et féconde
Où les miracles ont parlé !
C'est là qu'au regard prophétique
De la *Sybille britannique*
Ton avenir s'est révélé.

De cette voix mystérieuse
L'oracle un jour s'accomplira,
Et ton étoile lumineuse
De nouveaux feux resplendira.
Ainsi, quand grondent les orages,
Le soleil, voilé de nuages,
S'éclipse un instant à nos yeux,
Mais bientôt l'astre, roi du monde,
Dissipant une nuit profonde,
Brille d'un éclat radieux !

AU 1er VENDÉMIAIRE.

TOAST D'UN VIEILLARD

(Lu au Banquet républicain du 22 septembre 1848.)

Vous que rassemble ici l'heureux anniversaire,
Trop longtemps oublié, du *premier vendémiaire*,
Concitoyens, amis! qu'un banquet fraternel
Réunit pour prêter le serment solennel
De défendre vos droits et votre indépendance,
Héritage sacré des enfants de la France ;
Permettez qu'un vieillard, affaibli par les ans,
Mêlant sa voix débile à vos jeunes accents,
Vous parle d'un passé bien doux à sa mémoire,
Et rappelle ces jours fameux dans notre histoire,
Où la France, éveillée après un long sommeil,
D'un astre radieux salua le réveil;
Où *Juillet*, tant de fois célèbre en nos annales,
De l'aristocratie, ivre de saturnales,
Sapa les fondements sur vingt siècles assis ;
Ce jour où la Bastille et ses remparts noircis,

Sépulcres des vivants, creusés par l'arbitraire,
Ebranlés par les coups du bélier populaire,
S'écroulèrent enfin au cri de *Liberté !*
Puis cette heure où tomba l'inique Royauté,
Quand le peuple, rompant les anneaux de sa chaîne,
Lion impétueux, descendit dans l'arène,
Combattit, triompha pour la seconde fois,
Foula d'un pied vainqueur le sceptre de cent Rois,
Et brisant des *Capets* le trône despotique,
Proscrivit à jamais le pouvoir monarchique.

Jeune alors, et rempli d'une intrépide ardeur
Que l'amour du pays exaltait dans mon cœur,
Je réclamai ma part des périls de la lutte ;
Ennemi des tyrans, j'applaudis à leur chûte,
Et ma voix salua l'avènement heureux
De cette RÉPUBLIQUE, objet de tous mes vœux.

Mais la ligue des Rois nous déclarait la guerre...
Déjà leurs bataillons, franchissant la frontière,
Menaçaient d'envahir nos cités et nos champs.
FRANCE ! tu vis alors se lever tes enfants
Aux sublimes accents d'un moderne Tyrtée.
La cantate guerrière, en tous lieux répétée,
Sur ton sol généreux enfante des soldats,
Et l'hymne de *Rouget* les entraîne au combat.
Ils partaient en chantant, tes jeunes volontaires,
Armés par les vieillards et bénis par les mères.
L'enfant dont la faiblesse enchaîne encor les pas,
Jaloux de ses aînés, envie un beau trépas !
A Pilnitz, à Coblentz qui nous jettent l'outrage
L'héroïque *Montagne*, opposant son courage,
Accepte le défi du congrès insolent,
Et répond, à son tour, par un gage sanglant.
A l'appel des géants, bientôt quatorze armées
Sans pain, sans vêtements, mais d'ardeur enflammées,
Volent pour secourir la patrie en danger,
Et des soldats d'un jour chasseront l'étranger.

Noble *Convention !* Assemblée immortelle !
Tes courageux efforts, ton intrépide zèle,
Déjouant les complots des royaux conjurés,
Renversa leurs projets par la haine inspirés.
Des sénateurs de Rome imitant l'héroïsme,

Tu réchauffais les cœurs au feu de ton civisme.
Tu fus grande et sublime en ces temps orageux
Où la foudre grondait sous un ciel nébuleux.

. . . .

De nombreux ennemis vainement se liguèrent,
L'Europe fut vaincue, et les Rois succombèrent.
La victoire, fidèle aux pas de nos guerriers,
Guidant leurs étendards, les couvrait de lauriers.

. . . .

Mais tandis que nos yeux contemplaient ce trophée,
La liberté tombait sous le glaive étouffée.
Son autel s'écroula... bientôt sur ses débris
Un trône reparut à nos regards surpris.

. . . .
. . . .

Jetons un voile, amis! sur ces quarante années
Où la France, à des Rois, livrait sa destinée.
De l'astre impérial la splendeur a pâli ;
Aux champs de Waterloo l'aigle est enseveli,
Et le héros, qui dort dans son linceuil de gloire,
Désormais appartient tout entier à l'histoire.

Pour moi, Républicain, soldat des anciens jours,
Rêvant la liberté, je la pleurais toujours,
Quand le *second Juillet*, se levant pour la France,
Vint répandre en mon âme un rayon d'espérance.
Trop courte illusion... Rêve trop tôt détruit!...
Hélas ! ce météore, apparu dans la nuit,
Pour s'éclipser bientôt, sans laisser nulle trace,
Ne brilla qu'un instant dans les champs de l'espace ;
Et mon regard lassé de chercher dans les cieux
De mon premier soleil le disque radieux,
N'osait plus espérer de le revoir encore...

. . . .

Me serais-je abusé?... D'une nouvelle aurore
Aux bords de l'horizon étincellent les feux.
Des larmes de bonheur ont inondé mes yeux...
Et toi qui, ranimant le pauvre octogénaire,
Lui prêtes ta clarté, soleil de vendémiaire !
Toi que je fête encor, au déclin de mes ans,
Verse dans tous les cœurs tes rayons bienfaisants !
Astre brillant et pur, viens rendre à ma patrie
Son céleste trésor, sa liberté chérie !
Puisses-tu, fécondant le sol républicain,

Assurer l'avenir si longtemps incertain,
Et, par l'égalité de la loi fraternelle,
Donner à notre France une face nouvelle.

Amis, concitoyens ! réunis en ces lieux,
D'un vieillard à vos fils redites les adieux.
Sous le fardeau des ans il s'incline, il succombe,
Et le doigt de la mort déjà marque sa tombe :
Mais s'il n'existe plus que par le souvenir,
A vous, à vos enfants, il lègue l'avenir.
Au milieu des périls, des troubles, des tempêtes,
Sachez de *Février* conserver les conquêtes.

Soyez toujours unis ! invincibles et forts,
Vous pourrez, méprisant de coupables efforts,
Achever des aïeux la tâche commencée,
Et marchant sur leurs pas dans la route tracée,
Arriver au bonheur qu'ils n'ont point obtenu.
Pour vous de la moisson le moment est venu.
Oui, le ciel, apaisé par le sang de vos pères,
A la postérité garde des temps prospères.
Sur notre sol fertile où leurs mains l'ont planté,
Vos yeux verront fleurir *l'arbre de liberté*,
Et ses rameaux naissants, courbés par maint orage,
Bientôt à vos enfants prêteront leur ombrage.

Peut-être, ô mes amis ! pour la dernière fois,
A vos joyeux banquets vous entendez ma voix.
Acceptez aujourd'hui mon *toast* patriotique,
Et répétons en chœur : VIVE LA RÉPUBLIQUE !

❖

L'OMBRE DE NAPOLÉON A LA FRANCE ET A SES NEVEUX.

> Le tombeau s'est ouvert; les mânes ont parlé,
> Et, par eux, du destin, l'ordre s'est révélé.

PROSOPOPÉE.

FRANCE ! à toi l'avenir ! à toi des jours heureux !
O France bien aimée ! à toi mes derniers vœux.

Longtemps, sous ton beau ciel, grondèrent les orages;
Ton soleil fut voilé par de sombres nuages,
Et les peuples alors, privés de sa clarté,
Marchèrent dans le doute et dans l'obscurité.
Mais l'astre, dans les cieux poursuivant sa carrière,
Répand de ses rayons l'éclatante lumière
Sur le nouveau sentier ouvert devant tes pas....
FRANCE ! tu fis jadis le destin des combats;
Tes étendards volaient de victoire en victoire.
Renonce à la conquête... Il est une autre gloire
Que le Ciel te réserve... elle est digne de toi.
Adoptant du progrès la juste et sainte loi,
Combats pour assurer les droits, l'indépendance
Des peuples qui sur toi fondent leur espérance ;
Encourage, soutiens leurs efforts généreux.
L'Europe se réveille... elle cherche des yeux
Ta bannière qui doit la guider dans la lutte.
Des trônes ébranlés accélère la chute ;
Soldat de l'EVANGILE et de la LIBERTÉ,
Arbore le drapeau de la FRATERNITÉ ;
Enseigne à l'Univers les *trois mots symboliques*
Qui résument en eux les lois démocratiques :
Telle est la mission que tu peux accomplir ;
C'est un rôle sublime, et tu dois le remplir.

Et vous, ô mes neveux ! la France est votre mère,
Aimez-là d'un amour vrai, profond et sincère.
Mandataires du peuple et soutiens de ses droits,
Soyez grands citoyens; soyez plus que des rois !
La jeune République aujourd'hui vous rappelle :
Consacrez-lui vos jours, vos travaux, votre zèle ;
Qu'un noble et digne vœu soit par vous répété ;
Par tous les bons Français il doit être adopté :
Tout pour le bien du peuple et tout pour la patrie !
Ma voix en ce moment vous adjure et vous prie ;
Puisse-t-elle descendre au fond de votre cœur !
Ecoutez BONAPARTE et non pas l'EMPEREUR !
Les lauriers de Lodi, de Marengo, d'Arcole
Couronnent seuls mon front d'une sainte auréole.
La victoire me prit dans les rangs des soldats;
J'humiliai les rois, je conquis leurs états;
Tout tremblait sous le poids du glaive consulaire.
Heureux si j'avais su, magistrat populaire,
Garder fidèlement un dépôt précieux,
Et prêter le secours d'un bras victorieux

A cette liberté que j'enchaînai moi-même.
Insensé ! je rêvai la puissance suprême ;
Le sceptre impérial fascina mes regards ;
Puis, un jour, je m'assis au trône des *Césars !...*
Mais ce crime bientôt fut suivi de sa peine :
Le maître de l'Europe est mort à Sainte-Hélène !
Et pour l'absoudre aux yeux de la postérité,
Il a fallu l'exil et la captivité.
L'Univers aujourd'hui rend tribut à ma gloire ;
Mais l'Empire n'est plus qu'une page d'histoire !
Vous cûtes comme moi votre part de revers ;
Rappelez-vous les maux que vous avez soufferts :
Bannis du sol natal, vous avez vu vos pères
Porter leurs pas errants aux rives étrangères.
La France vous accueille en son sein maternel ;
Elle a reçu de vous le serment solennel
De respecter ses lois : ce serment qui vous lie
Songez à le tenir... MALHEUR A QUI L'OUBLIE !

◆◦❅❆❅◦◆

AUX PROSCRITS.

ODE.

Discite justitiam moniti...
VIRGILE.

Grâce ! disait hier la voix d'un peuple immense,
Grâce ! ils ont tant souffert... Un acte de clémence
    Comblera tous les vœux.
Des mères et des sœurs à la douleur livrées,
De tristes orphelins, des femmes éplorées
    Criaient : pitié pour eux !

Et le cœur tout ému de ces larmes sincères,
Nous leur disions alors : vos époux et vos frères
    Seront libres demain...
Arrière , maintenant, espérance trompeuse !...
D'un rêve d'amnistie; ô France généreuse !
    Tu te berçais en vain !

Pour des fils égarés si ta pitié s'éveille ,
Ne crois pas que jamais *les vaincus de la veille,*
    Songent à pardonner...

D'un triomphe sanglant leur âme enorgueillie
Veut, de tous leurs revers , venger l'ignominie :
        Peux-tu t'en étonner?

N'ont-ils pas oublié , dans leur joie éphémère ,
Que le peuple, deux fois arrêtant sa colère ,
        Dédaigna de punir?
N'ont-ils pas aujourd'hui banni de leur mémoire
Juillet et Février , belles pages d'histoire,
        Immortel souvenir !

France ! nous sommes loin de ces grandes journées
Où tes nobles enfants changeaient tes destinées
        Par un puissant effort ;
Où, pour inaugurer l'ère républicaine ,
Et détruire à jamais la semence de haine ,
        Ils proscrivaient la mort.

L'univers applaudit ce décret magnanime ,
Cet acte qui traçait un exemple sublime
        A la postérité.
Et nous semblions alors défier les tempêtes
D'obscurcir nos beaux jours et de troubler les fêtes
        De la Fraternité !

Un an n'a pas encor terminé sa carrière ,
Et déjà , cependant, nous avons vu la guerre
        Désoler nos remparts.
Au sein de nos cités où règne la tristesse ,
De lugubres tableaux , des scènes de détresse
        Affligent les regards.

Cinq jours , cinq jours entiers, la discorde sanglante,
Dans Paris frémissant d'horreur et d'épouvante ,
        Promena ses fureurs.
Des Français sont aux mains, enivrés de carnage...
Dans les deux camps rivaux égal est le courage...
        Quels seront les vainqueurs?

Le canon gronde encor... les balles fratricides
Sèment partout la mort... sur les dalles humides
        Le sang coule à longs flots.
Le combat cesse enfin... l'émeute est comprimée ;
Des insurgés vaincus la foule désarmée
        Va peupler les cachots.

Hâtez-vous de dresser l'appareil du supplice ,
Ou, si vous hésitez, souffrez que la justice
    Fasse entendre sa voix.
Non... c'est peu de fermer l'oreille à la clémence ,
Pour rendre plus complète une œuvre de vengeance ,
    On fait taire les lois.

Sur d'ignobles pontons , dans des prisons malsaines ,
De malheureux proscrits, entassés par centaines ,
    Implorent le trépas.
Qu'on épuise sur eux les peines les plus dures !
Instruits à supporter de cruelles tortures ,
    Ils ne faibliront pas.

D'autres, après six mois d'angoisse et de souffrance ,
Sans crainte et sans espoir, attendent la sentence
    Des *juges désignés.*
Ces hommes généreux dédaignent de se plaindre ,
Et l'arrêt flétrissant qui vient de les atteindre
    Les trouve résignés.

Mais s'ils n'ont pas voulu descendre à la prière,
Ils sauront élever une voix libre et fière
    Contre l'iniquité.
Leurs cris sont entendus : ces accents énergiques
Ont éveillé partout des échos sympathiques.
    La France a protesté.

Le repaire hideux des vices et des crimes
Attend les condamnés... Pour de nobles victimes
    LE BAGNE VA S'OUVRIR.
Ah ! ce n'est pas ainsi que le peuple se venge ;
Il ne prend point plaisir à traîner dans la fange
    Ceux qui l'osent trahir.

Si, de sa forte main , il brise la couronne,
Au sortir du combat il s'arrête et pardonne ,
    Respectant le malheur.
Mais les valets de cour, avides de vengeance ,
Ont-ils dit quelquefois, au jour de leur puissance :
    Pitié pour une erreur !

Ecoutez... le marteau vient de river les chaînes.
Un frisson de terreur a parcouru nos veines ;
    Nos cœurs ont tressailli...

Trop malheureux enfants de notre République !
La douleur ne peut rien sur votre âme héroïque ;
    Vos fronts n'ont point pâli.

Nous tous qui gémissons sur le sort de nos frères,
De leur suprême adieu, de leurs larmes amères
    Gardons le souvenir.
Pour eux va commencer le pénible voyage :
Qu'ils emportent du moins nos vœux comme un présage
    De meilleur avenir.

Oui, pour eux de beaux jours peuvent renaître encore,
Et leurs regards verront d'une nouvelle aurore
    Étinceler les feux.
L'astre qui doit enfin régénérer la France
Se montre à l'horizon... Il se lève ; il s'avance
    Brillant et radieux.

Espérons.. car bientôt *la loi démocratique*
Fera, par son pouvoir, dans notre République
    Triompher l'équité.
Alors, des maux passés viendra la récompense ;
Alors s'élèvera l'autel de la CLÉMENCE,
    Sœur de la LIBERTÉ.

⁕⁕⁕

AU 24 FÉVRIER !

Toast présenté au banquet républicain du 24 Février 1849.

L'astre de FÉVRIER aujourd'hui nous éclaire,
De ce cycle nouveau voici l'anniversaire.
Aux martyrs des grands jours, amis ! donnons des pleurs,
Couronnons leur cercueil de cyprès et de fleurs.
Mais si, dans les combats, ils ont perdu la vie,
Leur trépas fut sublime et bien digne d'envie :
Sous le regard vengeur de la postérité,
Il est beau de mourir à ton cri, LIBERTÉ !
De descendre au tombeau dans un linceuil de gloire,
En léguant à son siècle une noble mémoire ;
D'arroser de son sang le fertile sillon
Où germera bientôt cette riche moisson

Qui doit répandre un jour ses trésors d'abondance.
Honneur à ces héros morts pour l'indépendance !
Puisse leur souvenir, à jamais glorieux,
Servir encor d'exemple à nos derniers neveux !
Nous tous qui célébrons dans ce banquet civique
L'avénement heureux de notre RÉPUBLIQUE,
Citoyens ! que ce nom réveille nos transports ;
Jurons de consacrer nos bras et nos efforts
A maintenir nos droits... Jurons dans cette enceinte
De veiller sans relâche autour de l'arche sainte,
Fidèles gardiens du dépôt précieux,
Qu'hier la liberté nous apporta des cieux.
    Déployons l'étendard de la démocratie ;
Qu'il couvre de ses plis le sol de la patrie,
Et porte l'espérance aux peuples nos amis,
La terreur et la guerre aux rois nos ennemis !
Car la lutte s'apprête, et les trônes chancellent :
Ecoutez... Rome est libre et ses fils nous appellent ;
L'antique Latium s'émeut à cette voix.
Au nord, voyez Kossuth, animant les Hongrois,
Braver de Jellachic les bandes mercenaires,
Et de Vindischgraëtz les hordes sanguinaires !
Le vieux monde s'éveille à ce cri répété :
Guerre à tous les tyrans... Mort à la royauté !
Les temps sont arrivés... Oui, l'heureux jour s'avance
Où les peuples, formant une sainte alliance,
Renverseront des rois les coupables projets,
De la FRATERNITÉ recevront les bienfaits ;
Où, des rives du Tibre aux bords de la Vistule,
Des sommets du Caucase aux colonnes d'Hercule,
Sur les drapeaux du CHRIST et de l'EGALITÉ
On gravera ces mots : JUSTICE et LIBERTÉ !

VOUS ÊTES BEAUX ET BONS !

Hommage des prisonniers politiques du fort de la Vitriolerie aux
soldats du 3ᵉ génie et aux pontonniers.

ÉPITRE.

VOUS ÊTES BEAUX ET BONS ! mots simples et touchants
Que prononçait hier, au milieu de vos rangs

La voix d'un général rendant un juste hommage
A vos mâles vertus : *la bonté, le courage* (1).
Soyez fiers de l'éloge ; il est digne de vous,
Soldats ! avec transport nous le répétons tous.
Nous honorons en vous la gloire de la France,
Ses soutiens, ses vengeurs, sa plus belle espérance !
A l'heure du péril, votre généreux flanc
Voudrait pour la patrie épuiser tout son sang,
Seule elle est tout pour vous... Cette mère chérie
Vous appelle... A sa voix vous donnez votre vie !

Oh ! oui, *vous êtes beaux !* lorsque dans les combats,
Sous la mitraille en feu, vous bravez le trépas ;
Lorsque, pour une attaque et plus sûre et plus lente,
Creusant sous le rocher une route savante
Vous conduisez la mine au pied de ces remparts,
Qui, bientôt, ébranlés, croulant de toutes parts,
Verront sur leurs débris flotter votre bannière.

Mais si nous admirons votre valeur guerrière,
Si notre esprit s'exalte au bruit de vos exploits,
Soldats ! à notre amour vous avez d'autres droits.
Dans les jours désastreux des tempêtes publiques,
Les fureurs des partis, les haines politiques
En vos cœurs généreux ne trouvent pas d'accès :
Vous plaignez les vaincus, car ce sont des Français !
Oh ! oui, *vous êtes bons !* dans ces temps improspères
On vous a vu garder des entrailles de frères,
Pour les pauvres captifs, et leur tendant la main,
De l'hospitalité rompre avec eux le pain.
Vous allégiez pour eux le poids de l'infortune,
Et vos soins écartaient la tristesse importune
Qui, trop souvent, hélas ! venait les assiéger
Comme un hôte gênant qui se glisse au foyer.

Voilà des souvenirs qui jamais ne s'effacent.
L'horizon s'éclaircit et les nuages passent ;
Un seul de tes rayons, soleil de liberté !
Vient dissiper l'ennui de la captivité ;
L'homme qui se ranime à ta douce influence,
Oubliera le malheur, oublira la souffrance,

---

(1) Le général Gémeau, instruit de la belle conduite des soldats du
3e génie et pontonniers envers les prisonniers politiques du fort de la
Vitriolerie, leur a adressé ces paroles à la revue du 1er juillet : *Vous
êtes aussi beaux que bons !*

Mais le doux souvenir d'un accueil fraternel
Restera dans son cœur, monument éternel !

Salut à vous, soldats ! car au fond de votre âme
Du vieil honneur français brûle la noble flamme,
Et la guerre et la paix vous trouvent toujours grands.
Salut à vous aussi, leurs dignes commandants !
GÉMEAU ! LEDRU ! LEDOUX (1) ! dont nous voyons le zèle
Offrir à vos soldats le glorieux modèle
D'un courage héroïque et de l'humanité.
L'exemple de leurs chefs est par eux imité.
Honneur donc à vous tous. Ma voix, faible interprète
De vos nouveaux amis, avec bonheur répète,
VOUS ÊTES BEAUX ET BONS, mots pleins de vérité :
La valeur est sublime unie à la bonté.

⊹⊱✢⊰⊹

PAR LES COSAQUES .. OU PAS.

ÉPITRE.

Au prétendant Henri Bourbon.

HENRI ! lorsque ton œil s'égare dans l'espace,
Sur la terre d'exil, au blanc ramier qui passe,
Que de fois as-tu dit : — Messager aux pieds d'or,
Des rives de la France as-tu pris ton essor ?
Viens-tu m'entretenir de mes amis fidèles ?
Quel pli mystérieux se cache sous tes ailes ?
Que font, sous leur ciel bleu, les *Verdets* du midi ?
Le zèle de ces preux serait-il attiédi ?
As-tu vu l'ouest armé ? Ses *féales* provinces
N'ont-elles plus de sang à verser pour leurs princes ?
Le vent dans la bruyère et l'écho du lieu saint
Y chantent-ils encor Larochejacquelein?
Sur ce sol vendéen où chaque pas répète
Vos noms, Bonchamp, d'Elbé, Cathélineau, Charette !
Le paysan peut-il, abandonnant sa foi,
Renoncer au bonheur d'expirer pour son roi ?
N'a-t-il pas sous les yeux la tombe de son père
Mort, jadis, pour venger le droit héréditaire ?

(1) V. la brochure *Vingt-deux jours de captivité*, par . Marius CHASTAING.

Ah ! sans doute, en ces lieux, on garde un souvenir
A l'*enfant du miracle* , espoir de l'avenir,
Et la brise du soir, jouant sur la colline ,
Murmure , avec mon nom , celui de Caroline !...
Mais, ô charmant oiseau , tu ne me réponds pas ?
Viendrais-tu d'un ami m'annoncer le trépas ?
Favreau, Dufougerais, Latour-Maubourg , Chazelles ,
Ont-ils vu sur leurs fronts la mort ouvrir ses ailes ?
Du serment qu'il prêta se croyant délié ,
Mon dévoué *Falloux* m'aurait-il oublié ?
Pour remettre en mes mains le sceptre de mes pères ,
Berryer m'avait promis des partisans sincères.
En faveur de mes droits n'ont-ils point entrepris
De soulever Lyon, ou Bordeaux , ou Paris ?
M'ouvriront-ils bientôt les portes de la France ?
— HENRI ! ne garde plus une folle espérance...
Depuis cet heureux jour où tu fus exilé ,
A de nouveaux destins le peuple est appelé.
Tu lui parles en vain des droits de tes ancêtres ;
Il ne croit plus que Dieu l'ait soumis à des maîtres ;
Par l'erreur, désormais, il n'est plus abusé ,
Et du titre de roi le prestige est usé...
Mais pour mieux te convaincre et dissiper ton doute ,
L'histoire va répondre... elle te parle... écoute :
— L'aigle avait succombé , la cohorte des rois
Des Bourbons détrônés releva le pavois.
Ce fut un jour fatal et maudit... car la France
Vit tomber à la fois sa gloire et sa puissance.
Naguère, elle imposait rançon à l'étranger ;
On respectait son nom... les rôles vont changer.
C'était peu de céder nos villes, nos provinces...
Les fils de St-Louis, nos *légitimes princes* ,
Au prix de nos trésors se montrant généreux ,
Payent, sans hésiter, un tribut onéreux ,
Et, pour bien mériter de la sainte-arlliance ,
Au traître Ferdinand ils prêtent assistance.
Les peuples opprimés s'étonnèrent de voir
Nos soldats, défenseurs de l'absolu pouvoir ,
D'un souverain parjure embrasser la querelle...
— Alors, on vit aussi les ventrus de Villèle,
D'un énorme budget recevant large part ,
Aux héros de Coblentz jeter *un milliard* ;
Et cette noble meute, ardente à la curée,
Du produit de ses vols redorer sa livrée.
Mais tandis qu'un essaim de cyniques valets,
D'avides courtisans, assiégeaient les palais ,

L'artisan, dont l'impôt dévorait le salaire ,
Voyait l'infâme usure exploiter sa misère ;
Par tous les gouvernants le mot d'ordre donné
Etait : « *C'est pour servir que le vil peuple est né.* »
L'exil et l'échafaud récompensaient nos braves ;
Un pouvoir odieux resserrait nos entraves.
On murmurait tout bas contre nos oppresseurs
Et la haine , quinze ans , fermenta dans les cœurs.
Puis, un dernier excès vint combler la mesure ;
Ton aïeul, Charles X, se souilla d'un parjure.
De ce royal forfait le peuple obtint raison ;
Vainqueur, il fit justice en chassant ta maison ;
Et, dix-huit ans plus tard , d'un autre grand coupable ,
Son arrêt prononça l'exil irrévocable.
Lorsque , las des abus et de l'iniquité ,
Il a brisé son joug ; quand son bras irrité
A châtié deux rois , tu veux qu'il te rappelle ?...
De tes rares amis n'accuse pas le zèle ,
HENRI ! mais de leurs soins n'attends aucun succès ,
N'espère pas qu'au trône ils te frayent accès.
Leur effort est stérile , et quoiqu'ils puissent faire ,
Pour donner à ta cause un vernis populaire ,
Pour soulever la France en faveur d'un Bourbon ,
Nul écho sympatique à leurs voix ne répond.
Car la France n'est pas dans quelques gentillâtres
D'un gothique blason, sottement idolâtres ,
Et qui , fermant les yeux à la clarté du jour ,
Rêvent du temps passé l'impossible retour.
La France ! elle n'est pas dans ces hordes sinistres
Qui, d'un parti vainqueur se proclamant ministres ,
Firent , par des excès jusqu'alors inouïs ,
Un baptême de sang au trône de Louis !...
La France ! je la trouve avec ces prolétaires ,
Avec ces cœurs naïfs, généreux et sincères ,
Brûlant pour la patrie et qui n'ont palpité
Qu'aux mots d'*indépendance* et de *fraternité !...*
La France ! je la trouve avec ces nobles âmes
Où n'ont pas pénétré ces maximes infâmes
Que prêchent, sans pudeur, tant de vils apostats
Qui prêtèrent hommage à tous les potentats.
Le culte du veau d'or, sapant les lois divines ,
Du monde social fait un champ de ruines ;
Mais de tous ces débris nous verrons naître , un jour,
L'ère d'égalité, de justice et d'amour.
En vain des charlatans, des jongleurs politiques
Voudraient te dénier, France ! tes droits antiques ;

Tu sauras.démasquer leurs coupables projets ;
Jamais tes citoyens ne deviendront sujets !
La France est dans ce peuple à qui l'on fait outrage
En croyant qu'il voudrait détruire son ouvrage :
Aujourd'hui, sa raison détruit l'hérédité ,
Jalon que l'ignorance avait jadis planté.
— Si l'on t'eût consulté, peuple ! en quatre-vingt treize ,
Ton verdict solennel eût frappé Louis seize.
Lorsqu'en ces jours fameux que *Juillet* baptisa ,
Sous ta puissante main un sceptre se brisa ,
Si l'on n'eût de tes droits dénaturé le type ,
On n'aurait point offert la couronne à Philippe ;
Mais lui-même, à son tour, ta voix l'a condamné.
Ton dernier mot est dit : *Février* l'a donné !
— Un principe est écrit dans les livres des sages ;
Jean-Jacques nous l'a dit en d'éloquentes pages :
« *Au Peuple seul le droit de souveraineté ;*
« *A lui seul le pouvoir, immense, illimité.* »
— HENRI ! voici le temps où ce dogme s'applique !
Le progrès, sur son char, mène la République ;
Cesse de te bercer d'un rêve de retour ;
Car le peuple est pour toi sans haine et sans amour.
Il ne te connaît pas, mais son *vouloir* suprême .
Sur tous les prétendants a lancé l'anathème.
Son arrêt sans appel a rejeté les droits
Que viennent réclamer les descendants des rois.
Si, jaloux d'imiter ton aïeul Henri quatre ,
Pour rentrer dans Paris tu voulais nous combattre ,
Implore, auparavant, le secours étranger ;
Sans lui, tu serais fou d'affronter le danger.
Pauvre Henri ! garde-toi d'espérer que nos portes
S'ouvriront pour livrer passage à tes cohortes ;
Que ton nom suffira pour subjuguer les cœurs
Et que ton pied royal marchera sur des fleurs.
Au souverain pouvoir, va, cesse de prétendre ,
Héritier des Bourbons ! car, si tu dois attendre
Que la France t'appelle et te tende les bras,
De la terre d'exil *tu ne reviendras pas !*

TYRTÉENNES.

Ire.

Aux Martyrs de la Liberté.

Envoyée au citoyen RASPAIL (Benjamin), représentant du peuple.

ODE.

Justum et tenacem....

Recevez la palme civique,
Vaillants et fidèles soldats
Qui, pour la foi démocratique,
Avez livré tant de combats.
Les séïdes de l'arbitraire,
Vous immolent, dans leur colère,
Aux mânes de la royauté.
Mais, par un éclatant hommage,
Le peuple honore le courage
Des martyrs de la liberté.

Car le peuple n'est point complice
Des fauteurs de proscriptions
Qui, du manteau de la justice,
Couvrent d'aveugles passions.
Il a des pleurs pour les victimes ;
Il vous a plaint, cœurs magnanimes,
Bien dignes d'un destin meilleur.
Vos noms lui sont plus chers encore
Et votre gloire se décore
De l'auréole du malheur.

L'homme fort connaît-il la crainte,
Lorsqu'il lutte contre l'erreur ?
Défenseur d'une cause sainte,
Il brave misère et douleur.
De Socrate, de Galilée,
Vit-on la constance ébranlée ?
Ont-ils faibli dans les tourments ?
Comme eux, la vérité vous guide,
Et vous verrez, sous son égide,
Se briser les traits des méchants.

Mais de la *loi du sacrifice*,
L'arrêt doit être exécuté ;
Il faut que l'apôtre périsse,
Ou qu'il vive persécuté.
Dans notre siècle où l'ostracisme
Est le prix du patriotisme,
Où le juste est sacrifié,
— Honte et douleur ! — l'apostasie
Se pare de son infamie,
Le veau d'or est déifié !

Tourbe sacrilége et perfide,
Qui fais gloire de tes excès,
Dans ton aveuglement stupide
Tu t'enivres d'un vain succès.
Garde ton superbe égoïsme ;
Etale un impudent cynisme ;
Livre ton destin au hasard.
Et pourtant combien de prophètes
Ont fait entendre dans tes fêtes
L'arrêt qui frappa Balthazar ?

Qu'importe ? Assouvissez vos haines,
Vils suppôts de l'iniquité !
Que vos geôliers rivent les chaînes
Des soldats de la liberté ;
Profitez d'un jour de puissance ;
Dans un délire de vengeance,
Foulez aux pieds toutes les lois !
Mais, du peuple, juge suprême,
Qui, sur vous, lance l'anathème,
Croyez-vous étouffer la voix ?

Non... cette voix retentissante,
Malgré vos sbires étonnés,
Pénètre, douce et consolante,
Jusqu'au donjon des condamnés.
Prenez courage, amis ! dit-elle,
Bientôt une aurore nouvelle
Brillera sur votre horizon.
Martyrs d'une sainte croyance !
Ne voyez-vous pas l'espérance
Assise au seuil de la prison ?

De cette compagne fidèle

Acceptez les soins généreux ;
Que sa parole fraternelle
Soit l'interprète de nos vœux.
C'est la pieuse messagère
Qui descend du ciel sur la terre
Au secours des faibles humains ;
De l'opprimé qui souffre et pleure,
Elle visite la demeure,
Portant un baume dans ses mains.

Frères ! en ces jours où la France
Dort d'un léthargique sommeil,
Vous attendez, dans la souffrance,
L'heure de son tardif réveil.
Les outrages, les calomnies
Livrent vos noms aux Gémonies ;
Mais l'avenir vous vengera.
Accueillez un heureux présage ;
Le progrès marque son passage ;
Demain la liberté viendra !

SUR LA LOI ÉLECTORALE DU 31 MAI 1850,

Par suite de laquelle
M. Thiers se trouve exclu de la liste électorale.

TRIOLET.

Puisque Thiers n'est plus électeur,
Ma foi ! vive la loi nouvelle !
Peut-on encor se plaindre d'elle,
Puisque Thiers n'est plus électeur ?

Oui, des *dix-sept* l'œuvre immortelle,
– Trouvera maint admirateur ;
Puisque Thiers n'est plus électeur,
Ma foi ! vive la loi nouvelle !

A LÉONARD-FRANÇOIS BOURDY (*).

Labor improbus omnia vincit.
HORACE.

ÉPITRE.

Par un saint dévouement quand ta voix inspirée
Rappelait de *Comby* la volonté sacrée ;
Lorsque des orphelins revendiquant les droits,
Tu venais, en leur nom, faire un appel aux lois ;
Quand, prolétaire obscur, invoquant la justice,
Seul contre les puissants tu descendais en lice ;
Bien loin de te prêter un bienveillant appui ,
C'est un fou, disait-on ; éloignons-nous de lui.
Tu ne trouvais partout, au lieu de sympathie ,

(*) Si la lutte de l'homme contre la nature ou contre l'adversité a
quelque chose d'émouvant et de sublime, il en est de même de la lutte
soutenue, au sein de la civilisation actuelle, par le faible contre le puissant. C'est ce spectacle grandiose qu'a offert un simple ouvrier tisseur de
Lyon.

Il est parfaitement vrai que Bourdy fut repoussé et traité de fou par
tout le monde. Il s'agissait de forcer les hospices civils de Lyon à exécu-
ter les clauses du testament de David Comby, en faveur des orphelins de
la commune de Belleville. Pour se procurer les pièces indispensables ,
avancer les premiers frais, Bourdy a non seulement fait le sacrifice de
son temps, mais il a aliéné ses modiques ressources; il a mis ses vêtements en gage ; quelquefois même, il s'est privé de nourriture !...

M. Marius Chastaing est le premier qui, dans la presse et par la for-
mation d'un comité , ait ouvert à Bourdy les voies de la publicité. Le premier comité, fondé sous les auspices de la *Tribune Lyonnaise*, se composait de MM. Brun, D. M. président; Chaboud fils, trésorier; Battier,
secrétaire; Lardet, Vidal et Mazoyer. Plus tard, l'œuvre de Bourdy a
obtenu l'appui de personnes influentes; la commune de Belleville a fait
cause commune avec le prolétaire naguère dédaign.

Les hospices de Lyon, condamnés en première instance, se sont dé-
sistés de l'appel qu'ils avaient d'abord interjeté et offrent aujourd'hui
des transactions que le Conseil municipal de Belleville refuse comme in-
suffisantes.

Je ne dois pas terminer cette note sans rendre également hommage au
zèle de M. l'abbé Chambeyron et de Mes Pezzani et Brac La Peyrière ,
avocats, qui ont prêté à cette noble cause le secours de leur talent.

Au mois de juin 1850, le comité *Bourdy* se composait de MM. Brun.
D. M., à Lyon ; Bourjalliat, fabricant, à la Croix-Rousse; Foillard-Ja-
doux, adjoint du maire de Belleville; Gauthier, Martinet et Merlanchon,
conseillers municipaux de la Guillotière; Guerin, teinturier à Lyon.

M. Chastaing avait émis le vœu d'une souscription pour frapper une
médaille destinée à perpétuer le souvenir de cette victoire pacifique rem-
portée par le prolétariat. L'exécution de cette idée aurait un immense
avantage ; car c'est en honorant la vertu et le courage civique qu'on peut
espérer d'en voir se multiplier les exemples.

★

Que froide indifférence et que lâche apathie...
Ton zèle généreux ne s'est point rebuté.
Un autre aurait faibli... ta constance a lutté :
Le triomphe est le fruit de la persévérance !
Bourdy, de tes efforts, reçois la récompense !
Sois heureux ! à ton but te voilà parvenu...
Pour toi-même , il est vrai , tu n'as rien obtenu ;
« Eh ! qu'importe ? as-tu dit : l'or amoindrit la gloire ;
« Mon nom arrivera plus brillant à l'histoire. »
Oui , le plus noble prix d'un cœur tel que le tien,
C'est le bonheur qu'on trouve à faire un peu de bien !

ATTENDONS L'AVENIR !

Toast prononcé le 13 octobre 1846 au banquet phalanstérien , du
GROUPE DES TRAVAILLERS DE LYON ,
présidé par le citoyen POULARD.

> Le temps présent est gros de l'avenir,
> Leibnitz

Un sage de nos jours, un immortel génie
Pour code du bonheur proclama l'harmonie ;
Aux cœurs intelligents et lassés de souffrir
Fourier vint annoncer un meilleur avenir.
Ramenons, a-t-il dit, le bonheur sur la terre ,
Et, pour y parvenir, répandons la lumière :
Des préjugés vieillis bravant l'autorité,
Délivrons l'univers de leur joug redouté.
Sous la loi du plus fort, pauvre esclave enchaînée ,
La femme a trop longtemps maudit sa destinée ;
Permettons à l'amour méconnu parmi nous
De former des liens que lui seul rend si doux !
Préservons du besoin la vieillesse et l'enfance !
Que partout le travail ramenant l'abondance,
Bannissant pour toujours le vol , la pauvreté ,
Proscrive l'égoïsme et la cupidité.
Peuples, donnez au monde une face nouvelle ;
Tendez-vous l'un à l'autre une main fraternelle ;
Et l'harmonie, alors, noble fille des cieux ,
Descendra sur la terre où l'appellent nos vœux !

Ainsi parla le sage, annonçant la doctrine
Qu'il puisait dans son cœur. Sa morale est divine,
Et déjà l'espérance, allumant son flambeau,
Faisait à ses regards briller un jour nouveau!

. . . .

Mais ce siècle qui dort au penchant d'un abîme,
Entend-il les accents de cette voix sublime?
D'un zèle généreux ce langage inspiré
Sera-t-il de la foule à jamais ignoré?
Est-ce un rêve enchanteur? Faut-il chercher encore
A l'horizon lointain, la séduisante Aurore
Du jour calme et serein à nos désirs rendu,
Gage d'un avenir si longtemps attendu?
Verra-t-on, délivrés d'une odieuse chaîne,
Les peuples abjurer la discorde et la haine?
Et sous l'empire heureux de la fraternité
Pourrons-nous voir bientôt fleurir la liberté!

LE BANQUET FRATERNEL.

Hommage à Charles Fourier!

Toast prononcé le 11 avril 1847 au banquet phalantérien du *Groupe des Travailleurs de Lyon*, présidé par le citoyen POULARD.

> O Fourier! gloire à toi. . . . .
> Ta doctrine c'est l'espérance.
> Et l'espérance est le bonheur.
> Eug. FAVIER. *Hymne à Fourier.*

Disciples de FOURIER, enfants de l'harmonie!
Célébrons les vertus, rendons gloire au génie
Du mortel courageux par le ciel inspiré,
Dont la voix fit entendre un langage éclairé;
Et que cet heureux jour, témoin de sa naissance,
Paye un juste tribut à la reconnaissance.
Modestes travailleurs, vous ne recherchez pas
Le pompeux appareil des splendides repas
Que le faste orgueilleux de l'opulence apprête...
Et vous, dont la présence embellit cette fête,
Mesdames! votre aspect, si doux à tous les yeux,
Prête un nouvel attrait au charme de ces lieux.
Ici, comme partout, le plaisir suit vos traces;

Mais vous savez unir la raison et les grâces.
Le siècle vous reproche, avec sévérité,
Dans tous les entretiens, trop de frivolité ;
J'en appelle pour vous d'un arrêt téméraire :
Non, de sages discours ne peuvent vous déplaire,
Car vous avez compris ces grands enseignements
Qui, du monde futur, posent les fondements !
Venez donc vous asseoir au festin de famille,
A ce joyeux banquet où l'égalité brille ;
Grâcieux souvenir de ces âges anciens
Si loin de nous, hélas ! où les premiers Chrétiens,
Instruits par Jésus même, à ses dogmes fidèles,
Partageaient leurs repas, agapes fraternelles.
Là,—comme parmi nous,—tous avaient mêmes droits ;
Les préjugés du rang n'élevaient point la voix,
L'égalité régnait sur un peuple de frères ;
Et ces vaines grandeurs, méprisables chimères,
Ces titres usurpés, rêves d'un fol orgueil,
De ce temple sacré n'osaient franchir le seuil.
Du paganisme alors s'écroulait la puissance,
Et l'empire Romain voyait sa décadence.

Jésus, de l'Evangile apportant le flambeau,
Vint dans l'obscurité répandre un jour nouveau ;
Mais, après deux mille ans, sa divine morale
N'a pu fonder encor l'unité sociale.
Des préceptes du Christ, savamment médités,
Fourier révèle enfin les grandes vérités,

Des lois de l'univers réformer le système,
Rendre heureux les humains,... voilà le grand problème
Que par de longs travaux, il voulut découvrir,
En creusant le sillon, espoir de l'avenir.

Nous la verrons fleurir cette moisson nouvelle
De paix, de liberté, d'union fraternelle !
C'est là le digne fruit de tes soins généreux,
Fourier ! sur tes enfants, veille du haut des Cieux !
Reçois, en ce saint jour, nos chants et notre hommage !
Nous marcherons toujours, pour finir ton ouvrage,
Jusqu'à l'heureux instant, par nos vœux appelé,
Où, relevant enfin le vieux monde ébranlé,
Et de l'humanité consolant la souffrance,
De soulager ses maux nous aurons la puissance !
Tous nos efforts tendront vers un but glorieux :

Protéger, secourir l'indigent vertueux,
Proscrire la misère et son hideux cortége,
Détrôner les abus, l'infâme privilége
Qui, de nos jours encore, ose braver des lois,
Trop faibles pour défendre et maintenir nos droits,

. . . .

. . . .

Alors, sur les débris d'un siècle d'athéisme
Où trône, en souverain, l'odieux égoïsme,
Nos yeux verront surgir l'ère de liberté
Et le règne attendu de la Fraternité !
Au sein des maux présents cet espoir nous console ;
Tes disciples, *Fourier*, ont foi dans ta parole !

FRATERNITÉ ! TRAVAIL ! JUSTICE
ET LIBERTÉ !

Toast prononcé le 10 octobre 1847, au banquet phalanstérien
du Groupe des travailleurs de Lyon, présidé par le citoyen
Poulard.

Vivre en travaillant !
(Devise des ouvriers lyonnais en novembre 1831.)

Après quatre mille ans la parole divine
Vint, par la voix du Christ, vengeant l'humanité,
Aux faibles, aux puissants, enseigner la doctrine
    De la *Fraternité !*

En vain, pour étouffer ses accents prophétiques,
Par des juges pervers, l'*Homme-Dieu* fut proscrit :
Les grandes vérités des lois évangéliques
Ont, malgré les tyrans, produit enfin leur fruit.

Esclaves de l'erreur, plongés dans l'ignorance,
Les peuples, opprimés sous un joug odieux,
Ont gémi trop longtemps... Le jour de délivrance
    Arrivera pour eux !

La force est en leurs mains .. Mais, pour servir leur cause,
Ils n'arment point leurs bras du glaive redouté ;
Ils invoquent leurs droits, et leur espoir repose
    Sur la sainte équité.

Que veut le travailleur ? un modeste salaire.
Gardez, gardez votre or, favoris de Plutus !
Pour élever ses fils, pour nourrir son vieux père,
Il ne demande pas des trésors superflus.

Instruit par la raison et las de l'esclavage,
Où d'injustes efforts voudraient le retenir,
Le prolétaire attend et souffre avec courage ;
    Il croit à l'avenir.

A toi qui nous souris, salut, noble Espérance !
Par ton divin flambeau le monde est éclairé.
Le temps vole toujours et le progrès s'avance ;
S'il marche lentement, son pas est assuré.

Le triomphe s'apprête et votre heure est venue,
Peuples ! *Fourier*, lui seul, peut vous affranchir tous.
Voyez vos ennemis, consternés à sa vue,
    Frémir d'un vain courroux !

Glorieux conquérant, il annonce à la terre
Ton règne qui s'approche, ô douce *Egalité !*
Son bras victorieux grave sur sa bannière :
Fraternité ! Travail, Justice et Liberté !

❖❖❖

L'ESCLAVAGE (*).

A Monsieur Victor SCHŒLCHER.

DITHYRAMBE.

Caïn ! qu'as-tu fait de ton frère ?

Des mains du créateur, au jour de sa naissance,
L'homme aurait-il, en vain, reçu l'indépendance.
    Noble présent, bienfait du ciel !

(*) Cette pièce de vers fut publiée à propos des pétitions adressées à la Chambre les députés, par les soins du Comité abolitioniste lyonnais. Ce comité, fondé par M. Marius Chastaing, rédacteur en chef de la *Tribune Lyonnaise*, était composé des citoyens : le général Lapoype, président honoraire ; Gudin, président ; Lardet, vice-président ; Carle, trésorier ; J. Lentillon, secrétaire ; Bellaton, Blanc. Brun, d.-m.; Marius Conchon, C. Ge'et, Morellet, Aug. Morlon, J.-J. Razuret, J.-P. Rochefort, Satin et Travers.

Quel droit put lui ravir son terrestre héritage ?
La force fit la loi..... mais l'infâme esclavage
    Est une injure à l'Eternel.

D'un pouvoir usurpé, peut-on jouir sans crime ?
Non : la raison condamne un titre illégitime
Qu'invoquent l'égoïsme et la cupidité.
Esclave ! de ton maître assouvir les caprices,
Travailler et mourir au milieu des supplices,
Voilà ton sort.... tu n'es qu'un bétail acheté !

Sommes-nous donc aux jours, où déité frivole,
Le Jupiter païen voyait au Capitole
Les *enfants de la louve* encenser ses autels ?
Un autre âge est venu... la morale divine,
Rappelant aux mortels leur céleste origine,
Enseigne du très haut les décrets éternels.

Des siècles de l'erreur perçant la nuit profonde,
Le *fils du charpentier* vient annoncer au monde
    L'ère de la fraternité.
Législateur suprême, enflammé d'un saint zèle
Il ouvre aux nations une route nouvelle
    Et son guide est la vérité.

Sur les débris croulants des temples de l'idole,
Il vient, de l'*Evangile* apportant la parole,
Au joug de la raison soumettre enfin les lois.
Peuples, éveillez-vous !..... sa voix consolatrice
Pour vous affranchir tous, détrônant l'injustice
    Soutient et proclame vos droits.

La terre a retenti d'un divin anathème...
Ecoutez ces accents dictés par le ciel même
    A Jésus émancipateur :
« Possesseurs des palais, habitants des chaumières,
« Enfants de Jéhovah ! mortels vous êtes frères,
    « Egaux devant le créateur !...

« Ne courbez plus vos fronts sous d'indignes entraves,
« Vous tous qui gémissez flétris du nom d'esclaves !
« Dieu ne vous créa point pour vivre dans les fers.
« Revendiquez les droits ravis à vos ancêtres ;
« N'obéissez qu'à lui .. l'homme n'a point de maîtres
    « Il est le roi de l'univers. »

Vingt siècles ont passé !... l'heure approche où le monde
S'apprête à recueillir la semence féconde
Que le grand laboureur jeta dans le sillon.
L'ange saint conduisit le soc infatigable,
Le grain n'est point tombé parmi des champs de sable...
   Il a mûri pour la moisson.

Oui, les temps sont venus .. la loi démocratique
Que faisait espérer le verbe symbolique,
Fonde, après deux mille ans, un empire nouveau,
Esclaves délivrés du poids de votre chaîne,
Prenez place aujourd'hui dans la famille humaine !
   Du Christ relevons le drapeau.

Des préjugés vieillis l'impuissante barrière,
Cède au progrès vainqueur... l'éclatante lumière
   Du flambeau de la vérité,
Comme un rapide éclair sillonnant l'étendue,
Au nord, à l'orient, présage la venue
   Du règne de l'égalité.

Que des climats glacés, voisins du pôle arctique
Jusqu'aux syrtes brûlants des déserts de l'Afrique,
   Disparaisse un joug odieux
France ! des opprimés l'asile et la patrie,
Terre de liberté ! le monde entier te crie,
   A toi le signal glorieux !

Et vous, législateurs, dont la tâche est si belle !
A couronner nos vœux le devoir vous appelle ;
Ecoutez cette voix qui parle à tous les cœurs !
D'un peuple généreux méritez le suffrage ;
Songez à notre espoir... Proscrivez l'esclavage,
   Et de l'humanité séchez enfin les pleurs.

⋄⋆⋆⋄

LE TRIOMPHE DU MAGNÉTISME.

TOAST

Lu au banquet de l'Athénée magnétique de Lyon, le 30 mai 1847 (jour
anniversaire de la naissance de Mesmer).

Mens agitat molem.

Jadis, le grand MESMER, ce sublime génie
Vit ses doctes travaux dénigrés par l'envie ;

Mais, par un siècle ingrat, proscrit, persécuté,
Il légua sa vengeance à la postérité.
Disons-le, toutefois, quelques esprits d'élite
Réclamèrent l'honneur de marcher à sa suite,
A poursuivre son œuvre ils étaient destinés ;
Le maître les guida ; sur ses pas entraînés
Ils vinrent après lui, remplis du même zèle,
Ouvrir à la science une route nouvelle.
Par d'obscurs détracteurs trop longtemps repoussés,
Leurs généreux efforts ne se sont point lassés ;
Tôt ou tard le succès est le prix du courage ;
Au *magnétisme*, enfin, le monde rend hommage.
En vain des préjugés les nombreux défenseurs,
Ennemis du progrès, partisans des erreurs,
Voudraient nier encor la magique puissance
Dont chaque jour nouveau révèle l'influence.
Sophistiques rhéteurs, tous vos vains arguments
Tombent devant les faits... eux seuls sont éloquents...
Cessez donc d'opposer d'impuissantes barrières
Au fleuve débordé grossi par cent rivières ;
Renoncez à l'espoir de détourner son cours ;
La digue a disparu... le flot roule toujours !
A quoi bon de Mesmer combattre la doctrine ?
L'expérience parle, et la raison s'incline...
Le temps a renversé les autels des faux dieux ;
Les peuples sont instruits... le monde ouvre les yeux.
Comme l'on voit au ciel, après un long orage,
Le disque du soleil écartant le nuage
Qui voilait de son front l'éclat, la majesté,
S'offrir à nos regards tout brillant de clarté ;
Ainsi la vérité, sous l'erreur gémissante,
Fait un sublime effort..., se lève triomphante,
Terrasse le mensonge et se montre aux humains
Belle de la splendeur de ses attraits divins.
Honneur à toi, MESMER ! honneur à ta mémoire !
Oui, ton œuvre immortelle a mérité la gloire.
Ce jour où tu naquis est un jour vénéré.
Et vous qui, comme lui, pleins d'un zèle inspiré,
Avez, du magnétisme embrassant la défense,
Préparé par vos soins son règne qui commence ;
Disciples de Mesmer et de la vérité,
Vos noms seront l'orgueil de la postérité !
Honneur à vous enfin, membres de l'*Athénée !*
Dans ses fastes à peine il compte une journée,
Et déjà l'avenir lui promet le succès ;
Les peuples, à grands pas, marchent vers le progrès.

A MESMER

ODE

(lue à la séance de l'*Athénée magnétique* du 4 août 1847).

Quand du fond de la Germanie
Ta voix instruisait l'Univers,
MESMER ! pendant ta noble vie
Tu souffris l'exil, les revers !
Mais le flambeau de la science
Survit et ta gloire commence.
L'expérience enfin a parlé !
Vainement l'erreur furibonde
Résiste encor : déjà le monde
S'incline, et Dieu s'est révélé.

C'est en vain que la calomnie,
Contre toi dirigeant ses traits,
Arme la rage de l'envie
Pour empoisonner tes succès !
La raison combat pour ta cause :
L'heure vient où l'apothéose
Venge le génie insulté ;
Les siècles protègent sa gloire,
Le seuil du temple de mémoire
Conduit à l'immortalité !

A travers les champs de l'espace,
Dérobant son vol à nos yeux,
L'aigle, emporté par son audace,
Ose s'élever jusqu'aux cieux.
Fixant un regard téméraire
Sur l'astre éclatant de lumière
Qui s'avance avec majesté,
Vers des régions inconnues,
Il plane, et voit du haut des nues
L'humble berceau qu'il a quitté.

Ainsi dans ton essor rapide,
Noble fils de la liberté !
Tu fuis le vulgaire timide,
Génie ! à toi l'immensité !
Oui, dans ta marche triomphante

Tu braves la haine impuissante
De l'ignorance et de l'erreur.
A peine as-tu tracé ta route
Qu'au sein des ténèbres du doute
Jaillit un rayon créateur !

L'esprit humain n'est plus esclave
Du mensonge et des préjugés ;
La raison brisant toute entrave
Triomphe, et les temps sont changés...
Désormais l'aveugle empirisme,
Au salutaire *magnétisme*,
Oppose un impuissant effort.
Salut, salut, ère nouvelle !
MESMER ! de ton œuvre immortelle
L'avenir bénira l'essor !

NOEL !

SONNET.

Noël ! chantons l'enfant qui naît dans une étable ;
Célébrons Jéhovah qui nous donne un sauveur.
Des célestes décrets l'ordre est invariable ;
Esclaves affranchis, rendez grâce au Seigneur !

Noël ! voici les temps de la loi véritable ;
La terre a tressailli de joie et de bonheur.
Peuples ! c'est là le *Christ*, et son bras redoutable
Doit combattre pour vous et terrasser l'erreur.

Noël ! des saints parvis inondez les portiques,
O filles de Sion ! que vos pieux cantiques
Montent avec l'encens aux pieds de l'Eternel.

Noël ! béni soit Dieu dans le séjour des anges !
Au *sublime artisan* amour, paix et louanges !
A ton berceau, *Jésus !* chantons, chantons *Noël !*

Paraphrase du *Pater noster*.

Seigneur ! Etre infini ! toi dont l'immensité
Remplissait le chaos de toute éternité ;
Dont le souffle puissant anima la matière ;
Toi qu'adore à genoux l'Archange glorieux,
    Entends notre prière,
O toi ! que nous nommons notre Père des cieux !

En toi seul tout finit, en toi seul tout commence ;
Bonté, justice, amour composent ton essence ;
Les astres, dans leur cours, étalent ta splendeur,
Et la terre, à tes pieds, prosternée et craintive,
    Dit à son Créateur :
Que ton nom soit béni ! Dieu ! que ton règne arrive !

De même que, d'un mot, tu créas l'univers,
Tu n'aurais qu'à parler, et les globes divers
Dispersés, confondus, rouleraient dans l'espace.
Seigneur ! que pour régir ton domaine éternel,
    Ta volonté se fasse
En tout temps, sur la terre, ainsi que dans le ciel !

Par d'immuables lois, tu gouvernes le monde ;
Arbitre du destin, ta sagesse profonde
A l'homme, au vermisseau, prodigue ses bienfaits,
Et grâce à toi, mon Dieu ! la moisson, chaque année,
    Mûrit dans les guérets :
Donne-nous aujourd'hui le pain de la journée !

Aux préceptes divins que les mortels soumis,
Renonçant désormais à vivre en ennemis,
Bannissent de leur cœur tout désir de vengeances ;
Ta clémence, ô Seigneur ! jamais ne se lassa :
    Pardonne nos offenses,
Comme nous pardonnons à qui nous offensa.

A de nombreux périls tous nos jours sont en butte ;
Contre nos passions la vie est une lutte ;
Sous leur joug trop flatteur garde-nous de tomber !
Si ton puissant secours ne nous sauve du piége,
    Nous pourrons succomber
A la tentation qui toujours nous assiége.

C'est au feu du creuset que l'or doit s'épurer,
Et c'est l'épreuve aussi qui doit nous préparer
A la nouvelle vie, à ce destin sublime;
Mais trop souvent, hélas! un vertige fatal
    Nous pousse vers l'abîme ;
Mon Dieu! soutiens nos pas, *Délivre-nous du mal!*

LA CHARITÉ.

Couplets religieux.

« Toi qui consoles la souffrance ,
« Toi dont la main tarit les pleurs,
« Es-tu la sœur de l'espérance
« Dont la voix calme les douleurs?
« Es-tu l'ange envoyé sur terre
« Pour nous apporter le pardon?
« A ton aspect fuit la misère...
« O! réponds-moi : Quel est ton nom? »

Je suis *La Charité*, l'amie
Qui se réveille avant le jour,
Quand la nature est endormie
Et que Dieu me dit : A ton tour !
Si le pauvre, en tremblant, m'appelle ,
Je descends aussitôt des Cieux,
Et ma prière fraternelle
Au Tout-Puissant porte ses vœux.

Riches ! l'infortune est amère...
Pour l'adoucir, semez votre or ;
Hôtes d'un jour sur cette terre ,
Au ciel amassez un trésor.
Heureux ceux que mon zèle enflamme !
Qui donne au pauvre donne à Dieu,
Le bien qu'on fait réjouit l'âme ;
On s'en souvient toujours un peu !

J'implore et jamais je n'ordonne ;
Chère à tout mortel, quel qu'il soit,
Je laisse la joie à qui donne

En la portant à qui reçoit.
Vous que le bonheur, la richesse
Comblent de leurs douces faveurs,
Tendez la main à la détresse,
Donnez... Dieu bénit les bons cœurs.

LA TRANSPORTATION DES HÉBREUX.

Imitation du psaume :

Super flumina Babylonis.

DITHYRAMBE.

Sur les bords de l'Euphrate, aux terres étrangères,
En songeant au Jourdain, nous répandons des pleurs...
Ton souvenir, Sion ! ravive les douleurs
Des Hébreux transportés loin des champs de leurs pères.

Aux saules verts qui, sur les eaux,
Penchent leurs flexibles rameaux,
Suspendant nos lyres plaintives,
De nos soupirs, de nos sanglots
Nous faisons retentir ces rives ;
Tandis que l'étranger, insensible à nos maux,
Insulte les tribus captives.

Chantez, fils d'Israël ! répétez en ces lieux
Les hymnes consacrés à vos fêtes publiques ;
Avez-vous de Sion oublié les cantiques ?
Disent, avec dédain, nos maîtres odieux.

Eh ! qui pourrait chanter, sur ce fatal rivage,
Puissant Dieu de Jacob ! ta gloire et ta grandeur ?
Qui voudrait de ton nom célébrer la splendeur,
Lorsque pèse sur nous le joug de l'esclavage ?

Tes autels sont détruits... ton temple est déserté ;
La désolation règne dans son enceinte...
L'infidèle a porté la main sur l'arche sainte ;
Il nous a tout ravi, même la liberté !...

Ah ! si jamais mon cœur t'oublie ,
Jérusalem , cité chérie !
De mes aïeux , sacré berceau !
Si te revoir, ô ma patrie !
N'est pas mon rêve le plus beau ;
Si toi seule n'es pas , jusques à mon tombeau,
La joie et l'espoir de ma vie :

Que la lyre, rebelle aux efforts de mes doigts ,
Reste toujours muette entre mes mains glacées;
Et qu'à jamais ma langue , organe de ma voix,
Refuse de prêter des sons à mes pensées.

Quand tombera notre joug odieux ,
Lorsque viendra l'heure de ta clémence ,
Souviens toi, Jéhovah ! de ces temps désastreux ,
Où les enfants d'Edom , d'un vainqueur furieux ,
Excitaient contre nous la haine et la vengeance !

Renversez, disaient-ils , jusqu'en leurs fondements ,
Les tours et les remparts de leurs villes infâmes...
Du céleste courroux soyez les instruments ;
Immolez les vieillards, les enfants et les femmes !

Et toi, qui t'applaudis de notre adversité ,
Reine des nations , impure Babylone !
Sentine de perversité !
De ton front orgueilleux tombera la couronne.
Tremble !... déjà la foudre tonne...
Malheur , malheur à toi , détestable cité !

Heureux qui brisera ton glaive de conquêtes ,
Et vengera sur toi nos pleurs et nos revers !
Car, un jour,—ont dit les prophètes,—
Unis pour t'accabler, mille peuples divers
Porteront le deuil en tes fêtes,
Et tes fils, à leur tour, iront traîner des fers !

Et lorsqu'arrivera ce jour de représailles ;
Tes enfants au berceau, sous la pierre écrasés,
De leur sang teindront les murailles ;
Tandis que la lueur des palais embrasés
Eclairera les funérailles
De tes rois expirants sous leurs trônes brisés !...

TRADUCTION LIBRE OU IMITATION DU CANTIQUE :

Magnificat anima mea Dominum...

DITHYRAMBE.

O mon âme ! en ce jour, porte aux pieds du Seigneur
Le tribut solennel de la reconnaissance ;
    Exalte sa magnificence
    Par des accents pleins de ferveur.
C'est lui qui dans mon être a répandu la joie...
    Du bonheur qu'il m'envoie
    Rends grâce à mon sauveur !

Je n'étais de mon Dieu que la servante indigne....
    Il a daigné — faveur insigne !
Abaisser son regard sur mon humilité.
    Et désormais, en célébrant sa gloire,
    Les générations, de ma félicité,
    Éterniseront la mémoire.

Il a voulu, celui qui remplit l'infini
    De sa grandeur immense,
Donner au monde, en moi, de sa toute puissance,
    Un exemple inouï...,
Miracle de bonté ! l'auteur de la nature
    Descend jusqu'à sa créature.....
Que son nom, trois fois saint, à jamais soit béni !

Heureux qui, craignant Dieu, s'efforce de lui plaire,
    Et se confie en son appui ;
Car sa miséricorde est l'ancre tutélaire
De ceux qui, d'âge en âge, espéreront en lui.

    Mais, pour châtier le coupable,
    Il arme son bras redoutable
    Du glaive exterminateur.
    Sous ses coups tombe le superbe,
    Comme en nos champs tombe l'herbe
    Sous la faulx du moissonneur ;
Et de ses ennemis confondant l'impuissance,
    Il punit de leur arrogance
    L'impie et le blasphémateur.

Tandis que les grands de la terre
Sont déposés par lui du siége héréditaire
Où leur grandeur d'emprunt trônait insolemment,
Il tire de l'abaissement
L'humble mortel qu'on méprisait naguère,
Pour l'élever au premier rang.

Sa main qui prend plaisir à répandre largesse
Sur l'indigent par le monde oublié,
Plonge dans la détresse
Le riche humilié !...
Qu'Israël sur son Dieu fonde son espérance...
Ce Dieu, qui l'adopta, lui prêtera secours ;
De sa miséricorde il se souvient toujours :
Pour l'enfant de son choix il est plein de clémence.

Oui le Dieu qui jadis promit à nos aïeux
De faire avec Jacob alliance éternelle,
Tient sa parole solennelle ;
Il bénit Abraham en ses derniers neveux.

Gloire au Père ! à sa voix, le monde prit naissance...
Gloire au Fils, qui l'égale en puissance, en grandeur !
Et gloire à l'Esprit-Saint ; il tient de leur essence,
Comme il partage leur splendeur !

Depuis l'origine des âges,
Aux pieds de la Divinité
Et la terre, et le ciel, unissent leurs hommages.
Gloire à toi, disent-ils, sublime *Trinité !*
Gloire à toi, dans les temps et dans l'Eternité.

⌖

LA BANNIÈRE D'AZUR.

CHANT RELIGIEUX

Adressé à la commission instituée pour la fabrication des bannières et
guidons du diocèse, par le Comité exécutif de Lyon.

AIR : *O Fontenay qu'embellissent les roses.*

Du Rédempteur, auguste et sainte mère !
Toi, dont le nom est béni dans les cieux,

Vois les Français unis sous ta bannière
Te consacrer le tribut de leurs vœux.

> Sur notre France
> Veille toujours ;
> Que ta puissance
> Lui prête son secours.

Chœur.

Sur, etc.

De nos aïeux tu fus la protectrice,
Et ta faveur accueillit leur encens ;
Remplis d'espoir en ta bonté propice,
Nous te prions... écoute nos accents.

Sur notre France, etc.

Avec ferveur un peuple entier t'implore ;
Sous ton égide il met sa liberté ;
D'un jour serein, lorsqu'il attend l'aurore,
Verse sur lui des rayons de clarté.

Sur notre France, etc.

Si l'horizon se couvrait de nuages,
De l'arc-en-ciel fais briller les couleurs ;
De nos vallons, écartant les orages,
Rends l'espérance et la joie à nos cœurs.

Sur notre France, etc.

Mais en nos champs, ta main saura répandre
Tous les trésors des célestes bienfaits ;
Dans nos cités à ta voix vont descendre
Les plus doux biens : l'abondance et la paix.

Sur notre France, etc.

A ton autel, ô divine Marie !
Nous suspendons l'étendard azuré ;
Pour les Français, pour leur noble patrie
De ton appui c'est le gage assuré.

Sur notre France, etc.

LA COLOMBE ET LE PROSCRIT.

ROMANCE.

Colombe aux blanches aîles
Près des sombres tourelles,
   Voltige encor ;
De ta course rapide,
Voyageuse timide !
   Suspends l'essor.

Sur la rive étrangère
Où je vis solitaire.,
   Triste exilé ;
Au sein de la souffrance,
Oui , ta douce présence
   M'a consolé.

Du ciel de la patrie,
De ma mère chérie,
   Parle à mon cœur ;
Rappelle à mes pensées
Les heures éclipsées
   De mon bonheur.

Mais déjà la nuit sombre
A répandu son ombre
   Sur le vallon ;
Au loin la foudre gronde...
Entends-tu mugir l'onde
   Et l'Aquilon ?

A l'abri de l'orage ,
D'un long pèlerinage
   Repose-toi ;
Dans la sombre demeure ,
Où nuit et jour je pleure ,
   Entre avec moi.

Puis quand l'aube naissante
De sa clarté tremblante
   Teindra les cieux ;
Sous l'éternelle voûte
Tu reprendras ta route
   Loin de ces lieux.

L'œil fixé sur ta trace
Je suivrai dans l'espace
   Ton vol léger ;
Que ne puis-je, imprudente!
Garder ta course errante
   De tout danger ?

Où reposer ton aile ,
Voyageuse éternelle !
   En quels climats ,
Vers quel heureux rivage ,
Si tu fuis l'esclavage ,
   Porter tes pas ?

Sans appui, sans asile,
La liberté s'exile ,
   Loin des tyrans...
Comme elle vagabonde
En parcourant le monde,
   Crains les méchants.

Au pied de ces montagnes ,
Vois ces vertes campagnes ,
   Ce lac d'azur ;
La liberté proscrite
Se repose et s'abrite
   Sous ce ciel pur.

Partage ma retraite
Quand gronde la tempête ;
   Puis, quelque jour,
Comme dans l'arche sainte
Pars et bannis la crainte
   A ton retour.

Au rivage de France ,
Berceau de mon enfance,
   Fille des cieux !
A mes sœurs, à ma mère ,
Fidèle messagère ,
   Porte mes vœux !

L'ORPHELINE.

ÉLÉGIE.

Si ta mère est heureuse et ne te cherche pas,
Arrête... prie et pleure un moment pour la mienne.
Loyasse et ses Rêves, par Hubert LEBON.

Rêveuse, où portes-tu tes pas,
Timide jeune fille, honneur de nos campagnes ?
Tu fuis les jeux de tes compagnes ;
A leurs joyeux accents ta voix ne répond pas.

Tu ne viens plus dans la prairie
Bondir comme autrefois sur les gazons fleuris ;
Sur ton front qu'animaient les ris
Descend, nuage noir, la sombre rêverie.

Réponds : d'où vient cette pâleur
Qui semble à tes attraits prêter de nouveaux charmes ?
Mais tes yeux sont baignés de larmes...
De tes quinze ans l'amour serait-il le vainqueur ?

Aux premiers jours de ce bel âge
Où l'avenir sourit, où tout parle d'espoir,
Du Dieu cruel ressens-tu le pouvoir ?
A-t-il forcé ton cœur à lui payer hommage ?

Connais-tu les vives douleurs
Que cause le départ, les tourments de l'absence ?
Gémis-tu sur ton innocence ?
Non... ce n'est point l'amour qui fait couler tes pleurs.

Pauvre enfant !... déjà ta jeunesse
Voit changer en cyprès les roses du printemps ;
Le malheur flétrit tes beaux ans
Trop faibles pour porter le poids de la tristesse !

Au champ funèbre du repos
Elle porte ses pas... éperdue et tremblante,
La jeune fille chancelante
Apparaît comme une ombre au milieu des tombeaux.

Dans cette enceinte solitaire,
Sur un tertre modeste où croissent quelques fleurs,

Chaque jour, l'orpheline en pleurs
Elève vers le ciel sa touchante prière.

Père des malheureux, mon Dieu ! protège-là !
Que ton bras tout puissant soutienne son enfance...
Cœurs sensibles et bons ! partagez sa souffrance ;
Priez sur ce cercueil... sa pauvre mère est là !...

LE VIEILLARD.

ÉLÉGIE.

Et solum mihi superest sepulcrum.
JOB.

Je ne puis retrouver le sentier du hameau ;
Je me suis égaré, car le ciel est si sombre...
Sur les coteaux déserts la nuit répand son ombre ;
Ouvrez-moi, par pitié, la grille du château.

J'entends des vieux sapins gémir le noir feuillage,
Et le souffle glacé des fougueux Aquilons
Disperse au loin la neige en poudreux tourbillons ;
Hélas ! et je n'ai point d'abri contre l'orage !...

Il faudrait traverser ce torrent écumeux
Qui roule avec fracas son onde mugissante...
J'aurais bravé, jadis, leur fureur menaçante ;
Maintenant je suis faible et mes bras sont trop vieux...

Depuis plus de vingt ans j'ai quitté ma chaumière,
Et, le cœur tout joyeux, je venais la revoir ;
Au foyer paternel j'aurais voulu m'asseoir
Avant que le trépas vînt fermer ma paupière.

J'ai dormi sous la tente, et dans plus d'un combat
J'ai défendu l'honneur du drapeau de la France ;
Cette croix sur mon sein atteste ma vaillance ;
Elle est le seul trésor, hélas ! du vieux soldat...

L'âge a ridé ce front où mainte cicatrice,
Témoignage vivant, parle de mes exploits...
Ecoutez les accents de ma débile voix ;
Ouvrez, pour qu'un Dieu bon vous aime et vous bénisse !

. . . . , ...
. . . .
La plainte du vieillard se perdait dans la nuit...
Et pourtant on veillait dans ces riches demeures...
Il attendait toujours, comptant de longues heures,
Tandis que de la fête il entendait le bruit.

Mais nul ne vint ouvrir... son attente fut vaine...
Pardonne-les, mon Dieu, dit-il en s'éloignant !...
Arrivé sur les bords du rapide torrent,
Il veut fendre les flots ; mais le courant l'entraîne !...

Vous, dont l'oreille est sourde au cri de la douleur,
Tremblez !... car, désormais, au souffle des tempêtes
Pâliront vos flambeaux, et, jusque dans vos fêtes
Une plaintive voix répétera : MALHEUR !...

Lorsque parut le jour on trouva sur la rive
Le corps du bon vieillard, hélas ! déjà glacé...
Au milieu des roseaux le flot l'avait poussé :
La croix brillait encor dans sa main convulsive !

❖❖❖

A MADAME C***.

(Sur la mort de son époux et de sa fille.)

ÉLÉGIE.

... Quia non sunt.
Bible.

Non, le bonheur parfait n'est pas sur cette terre ;
Nous le cherchons en vain... comme une ombre éphémère,
    Il fuit devant nos pas.
Mortels, nous sommes tous voués dès notre enfance
Aux caprices du sort, et la seule espérance
    Nous console ici-bas.

Trop souvent de chagrins notre joie est suivie...
Hier encor, pour vous, le chemin de la vie
    Était couvert de fleurs.
Près d'un heureux époux, en vous voyant naguère,
Qui donc aurait pensé que l'infortune amère
    Vous gardât tant de pleurs !

Lorsque dans son berceau , veillé par la tendresse ,
Un jeune et bel enfant payait d'une caresse
      Vos soins et votre amour ,
Qui donc, en vous trouvant si bien environnée ,
Aurait osé prévoir que votre destinée
      Dût changer en un jour.

Mais la mort était là , menaçante , inflexible !...
Elle frappa deux fois... deux fois son bras terrible
      Moissonne autour de vous.
La guirlande d'hymen, si fraîche et si fleurie ,
Qui parait votre front, est maintenant flétrie...
      Vous pleurez un époux !...

N'était-ce pas assez , ô parque inexorable !
Pourquoi, d'un jeune enfant , ton bras impitoyable
      A-t-il fauché les ans ?
Ainsi meurt, au matin , la rose près d'éclore...
Avant d'avoir vu naître une seconde aurore ,
      Tombe la fleur des champs.

Veuve en votre printemps , et mère infortunée
Par un double trépas aux larmes condamnée ,
      Vous accusez le sort.
Il a détruit pour vous les charmes de la vie ;
Du bonheur fugitif l'ombre est évanouie
      Au souffle de la mort !

Ah ! si vous gémissez d'un destin trop funeste ,
Ne désespérez pas... la clémence céleste
      Prend pitié du malheur.
Dieu qui , pour quelques jours, nous plaça sur la terre ,
Nous éprouve parfois... mais sa bonté de père
      Mesure la douleur.

Priez-le ; priez-le... lorsque vient la souffrance ,
Dans le Dieu juste et bon mettez votre espérance ;
      Il sera votre appui.
Quand sous le poids des maux une âme est accablée ,
Elle se sent renaître , heureuse et consolée ,
      En s'élevant à lui.

Le secours du Seigneur bannira vos alarmes ;
Bientôt dans votre cœur il répandra les charmes
      De la sérénité.

Oui, croyez-moi, toujours après de longs orages,
Un rayon du soleil, écartant les nuages,
  Ramène la clarté.

De ce présage heureux ma voix est l'interprète.
Chanter et consoler, n'est-ce pas du poète
  Le seul lot ici-bas?
Recevez donc ces vers que l'amitié m'inspire,
Et, si faible que soit ce tribut de ma lyre,
  Ne le refusez pas.

⚜

LE PASSÉ... L'AVENIR !...

MÉDITATION.

Cogitavi dies antiquos et annos æternos in mente habui.

J'entends le dernier bruit de l'heure solennelle...
Encore un an tombé dans la nuit éternelle
Où vont s'ensevelir, se perdre tour-à-tour
Nos rêves de bonheur, d'espérance et d'amour...
Des instants écoulés pourquoi chercher la trace?
C'est une ombre éphémère, errante dans l'espace.
Nous voudrions en vain interroger nos jours ;
Le siècle n'attend pas... il faut marcher toujours !

A quoi bon du passé rappeler la mémoire?
Respectons ses débris consacrés par l'histoire.
Que d'exploits glorieux, que d'éclatants revers
Sur ce vaste théâtre appelé l'Univers !
Des conquérants, fameux dans les champs de la guerre,
— Météores brillants, — ont ébloui la terre ;
Sésostris et Cyrus, Alexandre et César
Virent cent rois vaincus enchaînés à leur char ;
Des rives de l'Indus aux deux mers de Byzance,
Rome imposa ses lois, étendit sa puissance.
L'Europe vit naguère un soldat, un héros
De l'Ebre au Tanaïs arborer ses drapeaux ;
Sa voix électrisant des guerriers intrépides,
Réveilla les échos des vieilles pyramides ;
Puis un jour, ce géant, sous son poids accablé,

Etonna l'univers de sa chute ébranlé...
Des nains ont morcellé son immense héritage ;
Mais sa gloire survit et pleure son veuvage ;...
Le vieux monde s'écroule... un autel est resté
Debout sur ces débris... c'est le tien, LIBERTÉ !
Toi qu'on verra toujours, proscrite ou triomphante,
Mépriser des tyrans la fureur impuissante ;
Toi qui réuniras les peuples dispersés ,
Le jour où crouleront les trônes renversés !...

Ainsi je méditais , à l'heure où de l'année
Tombait dans le néant la dernière journée ,
A cette heure où, quittant ses pénibles travaux ,
Le modeste artisan va chercher le repos.
Mes souvenirs, alors, s'égarant dans l'espace ,
Des siècles écoulés interrogeaient la trace ,
Et mon esprit , séduit par un rêve insensé ,
Remontait lentement le fleuve du passé ;
Des peuples d'autrefois feuilletant les annales.
Suivait des conquérants les pompes triomphales.
Rois, Consuls, Empereurs, fameux par leurs exploits ,
Dans un cercle tracé se rangeaient à ma voix.
Devant le tribunal, où préside l'histoire ,
Paraissaient ces grands noms couronnés par la gloire ;
Despotes et sujets, tour-à-tour appelés ,
Egaux après la mort, se trouvaient rassemblés !...

Puis enfin, ramené vers le déclin des âges ,
Sous un ciel radieux, dégagé de nuages ,
Le char d'une déesse, à mon œil enchanté ,
Offrit tes nobles traits, ô sainte LIBERTÉ !
Viens, m'écriai-je alors, de gloire environnée ,
Des peuples malheureux changer la destinée ,
Le monde qui t'implore attend un jour nouveau ;
A nos regards charmés fais briller ton flambeau !
Ainsi , je t'invoquais... sensible à ma prière ,
Tu versas dans mon âme un rayon de lumière.
Laissant là du passé les fastes glorieux ,
Soudain vers l'avenir je dirige les yeux.
Aux bords de l'Orient l'horizon se colore
Des feux étincelants d'une nouvelle aurore ,
Et l'heure du réveil pour le monde a sonné.
Peuples, qu'attendez-vous ? .. le signal est donné !
Les temps sont accomplis ! par nos vœux attendue
L'ère des nations à la fin est venue :

Le Germain s'est ému... Metternich a tremblé ;
L'Autocrate a pâli sur son trône ébranlé.
Cette voix qui, jadis, aux temples des idoles,
Criait : *Les Dieux s'en vont !*...— prophétique paroles ! —
Vient redire aux tyrans : Votre règne est passé ;
D'un esclavage honteux l'Univers s'est lassé ;
Périsse, sans retour, votre inique puissance !...
Des martyrs immolés le sang crie vengeance.
En ton nom trois fois saint, divine ÉGALITÉ !
Que sur les oppresseurs l'anathème soit jeté !

Et toi, fille du ciel, dont le règne s'avance,
LIBERTÉ ! ton nom seul ranime l'espérance.
Déjà nous saluons *les feux des Apennins*,
Comme un phare propice allumé par tes mains.
Oui, voilà le signal du jour de délivrance,
Où resserrant les nœuds d'une sainte alliance,
Affranchis pour toujours du joug de leurs tyrans,
Les peuples marcheront sur tes pas triomphants.
De la Seine au Volga, du Tibre à la Vistule,
Des bords lointains du Gange aux colonnes d'Hercule,
Victorieuse enfin, la triste humanité,
Pourra se reposer dans la FRATERNITÉ.

A L'ANNÉE 1848.

MÉDITATION.

Fugit irreparabile tempus.

Un an vient de tomber dans l'océan des âges,
Comme une goutte d'eau dans les mers sans rivages,
Comme on voit, soulevé par le vent des déserts,
Le léger grain de sable emporté dans les airs.
Cet agile vieillard qui dévore l'espace
S'enfuit, et les instants se perdent sur sa trace.
Le temps que rien n'arrête en son rapide cours
Dans l'abîme éternel précipite les jours.
Tout tombe autour de nous, et nos belles années,
Par la faulx homicide, hélas ! sont moissonnées.
L'illusion s'efface et laisse en notre cœur
Le deuil et le chagrin, le vide et la douleur !

L'adolescent qui sort du sommeil de l'enfance ,
Pour guide à ses côtés voit marcher l'espérance :
L'avenir devant lui s'ouvre brillant et pur ,
L'horizon à ses yeux étale son azur.
Il s'élance joyeux sur la route nouvelle ,
Où la voix des plaisirs en souriant l'appelle ,
Et, dirigeant ses pas vers un but incertain ,
Sans regretter hier , il se fie à demain.
Mais bientôt du printemps s'effeuille la couronne ;
L'âge mûr est venu : c'est l'été qui moissonne.
L'homme s'arrête alors doutant de l'avenir ;
A ses beaux jours perdus il adresse un soupir ;
Il touche à son automne, et voit avec tristesse ,
Sur les pas de l'hiver , s'avancer la vieillesse.
Heureux si ses pensers évoquant tour-à-tour
Des rêves éclipsés de bonheur et d'amour,
Trouvent dans le passé des souvenirs de gloire,
Qu'il puisse, après la mort, léguer à sa mémoire !
Mais s'il passe sur terre, inutile fardeau ,
Il descend tout entier dans la nuit du tombeau.

Ainsi donc ici-bas, tout meurt et tout s'efface.
D'un siècle qui finit un autre prend la place ,
Pour aller s'engloutir, par le temps emporté ,
Dans ce gouffre béant qu'on nomme *Eternité*.

. . . .

. . . .

J'écoute... et de l'airain la voix retentissante
Sonne le glas de mort d'une année expirante.
Devons-nous saluer le berceau de sa sœur ?
Vient-elle à l'Univers apporter le bonheur ?
Plus féconde en son cours que toutes ses aînées,
La verrons-nous changer de tristes destinées ?
Amène-t-elle enfin , messagère des cieux ,
Cet heureux avenir attendu par nos vœux ?
Les peuples pourront-ils célébrer sa naissance ?
Vient-elle ouvrir pour eux l'ère de délivrance ,
Proclamer, établir et consacrer leurs droits ,
Et rajeunir le monde en créant d'autres lois ?

Déjà l'aube paraît et la foule s'apprête
A voler aux plaisirs, à courir à la fête...
Les bruyantes clameurs et les joyeux accents ,
En frappant mon oreille, ont troublé tous mes sens.

Ecrasé sous le poids de mes sombres pensées,
Adresserai-je au Ciel des plaintes insensées ?
Des jours qui ne sont plus chassons le souvenir...
Le passé n'est qu'à Dieu... marchons vers l'avenir.
L'avenir !... ce grand mot entouré de mystère,
Impénétrable sphynx et chaos sans lumière;
Ce livre où Dieu grava ses décrets éternels,
Ouvert pour ses yeux seuls, fermé pour les mortels.
Marchons donc au hasard égarés dans le doute,
La volonté suprême a tracé notre route ;
Le bras de Dieu nous guide, et sa puissante main
Au siècle comme à l'homme assigne son destin.
. . . .

Ton premier jour a lui... Reçois, nouvelle année,
Nos saluts et nos vœux... puisses-tu, fortunée,
Faire bénir ton nom, et, dans ton heureux cours,
Compter par tes bienfaits le nombre de tes jours.
Viens, de l'humanité, consoler la souffrance,
Et pour tarir ses pleurs lui rendre l'espérance
Dont la voix caressante apaise la douleur...
Puissions-nous te nommer la mère du bonheur!

LA DERNIÈRE HEURE DE L'ANNÉE.

SONNET.

Lorsque, dans son trajet, vers minuit ramenée,
L'aiguille sur l'émail achèvera son tour,
Quand sonnera cette heure où finit chaque jour,
Avec son dernier bruit expirera l'année.

Pour toi, fille du temps, par ton père entraînée,
Le terme est arrivé d'un règne, hélas ! bien court...
Dans l'abîme éternel tu tombes sans retour ;
Une nouvelle sœur succède à son aînée.

Si le passé n'obtient qu'un faible souvenir,
Notre espérance avide accueille l'avenir ;
Trop lent à notre gré, chaque soleil se lève...

Et chacun d'eux, témoin de nos vœux insensés,
Les verra, dans son cours, déçus et dispersés,
De même qu'au réveil s'évanouit un rêve !...

L'ÉGOISME.

DÉFINITION.

Moi ! c'est bien différent.

L'égoïsme, en ces mots : *Ne vivre que pour soi*,
Formule sa devise et résume sa loi.
Dans l'amour personnel il s'enferme et s'isole ;
Le MOI, voilà son Dieu, son moteur, sa boussole...
Il n'a jamais compris ni connu l'amitié ;
Insensible à la voix de la douce pitié,
Il verra d'un œil sec les pleurs de l'infortune ;
Mais il s'indignera que la plainte importune
Fasse une ombre à sa joie et trouble ses plaisirs.
Concentrant sur lui seul ses vœux et ses désirs,
A cet unique objet de son idolâtrie
Il immole, au besoin, et famille, et patrie.
S'il veut bien accepter le dévouement d'autrui
Comme un juste tribut qu'on acquitte envers lui,
Il n'est point accessible à la reconnaissance :
L'envie avec l'orgueil composent son essence ;
Et, pour le peindre enfin dans toute sa laideur,
C'est la lèpre qui ronge et dessèche le cœur !

INVOCATION A L'ESPÉRANCE.

MÉDITATION.

Mais l'espérance au loin étend ses ailes d'or
Et bientôt, retrouvant une force nouvelle,
L'homme reprend sa route et poursuit l'immortelle.
J.-B. St-Victor, l'*Espérance*, poème.

Ange aux ailes d'azur, toi que ma muse implore,
Espérance ! à ta voix s'apaisent les douleurs ;
Douce fille des cieux? viens me sourire encore,
Et pare l'horizon de riantes couleurs.

Magique talisman ! toi seul as la puissance
De nous prêter appui contre l'adversité ;
Le mortel qui t'invoque, oubliant sa souffrance,
Sent le calme renaître en son cœur attristé.

Espérance ! à ta voix la tristesse s'envole.
De la félicité présageant le retour ,
Ton nom rempli d'attraits, mystérieux symbole ,
Rend aux mortels charmés les doux rêves d'amour !

L'amour ! je le chantai, quand sa brûlante flamme
Sous un tendre regard fit tressaillir mon cœur ;
Quand le son d'une voix qui parlait à mon âme
Semblait venir du ciel m'apporter le bonheur.

Jadis l'illusion, perfide enchanteresse,
Ornait à mes regards les champs de l'avenir ;
Mais du rêve flatteur qui berçait ma jeunesse,
Hélas ! je n'ai gardé qu'un amer souvenir.

Hardi navigateur, sans craindre le naufrage,
Je livrai mon esquif à la merci des flots ,
Et maintenant , perdu sur des mers sans rivage ,
Je cherche le fanal, guide des matelots.

Oh ! si des vents plus doux venaient enfler mes voiles,
Si , trop longtemps en butte aux caprices du sort ,
Je voyais luire enfin , au ciel semé d'étoiles ,
L'astre dont la clarté doit m'indiquer le port !

Si cet astre égaré sous l'éternelle voûte
Présage de salut , se montrait à mes yeux...
Rassuré désormais , je poursuivrais ma route ,
Et j'atteindrais peut-être un but mystérieux !

Lorsque le voyageur , errant à l'aventure ,
Rencontre en son chemin un toit hospitalier ,
De sa plainte , aussitôt , apaisant le murmure ,
Il s'assied, plein de joie, au rustique foyer.

Ainsi, lorsque flottant sur l'océan du monde ,
Ma barque de la vague essuye la fureur ,
Espérance ! à mes yeux fais , dans la nuit profonde ,
Briller de ton flambeau la céleste lueur.

Ange aux ailes d'azur, quand ma muse t'implore ,
Viens, accours ; à ta voix s'apaisent les douleurs.
Douce fille des cieux ! daigne sourire encore ,
Et pare l'horizon de riantes couleurs !

LE NID ET L'ARBRISSEAU.

MÉDITATION.

De ce berceau de fleurs approchons-nous ensemble ;
Vois ce nid balancé par l'arbuste qui tremble ;
Pour l'abriter, vois-tu les rameaux se ployer ?
Les oiseaux sont cachés au fond d'un lit de mousse ;
Ils sont tous endormis... mais ta voix est si douce
    Qu'elle ne peut les éveiller.

Les petits sont couverts de l'aile de leur mère.
La pauvrette ! bientôt fermera sa paupière ;
Vainement son amour lutte avec le sommeil :
Elle succombe enfin... la voilà qui repose...
Elle n'a rien, pourtant, qu'un nid sous une rose,
    Et sa part de notre soleil.

Pour elle tout est là... le paisible feuillage,
Comme un toit protecteur lui prête son ombrage ;
Là, le jour est si pur et le ciel est si doux !
Mais c'est assez pour elle, ici-bas passagère,
Car chacun des petits peut réchauffer son frère ;
    Leur mère les protége tous.

Du zéphyr printannier la bienfaisante haleine,
Comme un souffle embaumé s'exhale dans la plaine ;
Les timides oiseaux vont prendre leur essor.
A leurs jeunes regards la riante nature
Etale les trésors de sa riche verdure ;
    Et l'hiver est si loin encor !

Comme le passereau, voyageurs sur la terre,
Mortels ! pourquoi troubler un bonheur éphémère ?
Hâtez-vous de jouir de vos moments si courts.
Voyez autour de vous... tout s'éteint et succombe ;
Chaque pas vous conduit vers le bord de la tombe
    Où s'engloutissent vos beaux jours.

Vous fondez des palais !... La mort vient, vous appelle.
Et tandis qu'ici-bas tout s'écroule ou chancelle,
Dédaigneux du présent, vous rêvez l'avenir.
Eh ! que vous serviront tant d'heures, tant d'espace,
De l'or, un toit plus grand ?... Faut-il donc tant de place
    Pour aimer un jour, puis mourir !

LES ADIEUX D'UNE MÈRE.

Vers adressés par une mère à sa fille au jour de son mariage.

Le devoir de l'hymen t'enlève à ta famille ;
Loin du toit paternel va chercher le bonheur !
Laisse-nous le chagrin, laisse-nous la douleur ;
Auprès de ton époux sois heureuse ô ma fille !

A l'élu de ton cœur nous donnons en ce jour,
Un trésor de vertu , de beauté , de jeunesse.
Il a su mériter la naïve tendresse ;
Mais garde-nous, du moins, un peu de ton amour.

Ici , l'on te retient : là-bas on te désire ;
Une mère , en pleurant t'adresse ses adieux ;
Emporte nos regrets , emporte tous nos vœux ;
Pars avec une larme , entre avec un sourire.

AU MOIS DE MAI.

RONDEAU.

Au mois de mai que le vallon est beau !
Joie et bonheur habitent le hameau.
On voit alors , sur la verte coudrette
Gai villageois et gente bergerette
Danser, le soir , au son du chalumeau.

Le pampre grimpe et s'unit à l'ormeau ;
Le frais lilas se recourbe en berceau,
Et dans les blés gazouille l'allouette
    Au mois de mai.

Aux bords fleuris du limpide ruisseau
Qui, de son onde , arrose le coteau,
Je sens mon âme heureuse et satisfaite ;
Car la nature , embellie et coquette ,
S'offre à mes yeux sous un aspect nouveau
    Au mois de mai.

ACROSTICHE.

A—imer ! pour l'homme , en sa jeunesse ,
C—'est croire au bonheur ici-bas ;
R—ève qui fuit trop vîte , hélas !
O—mbre que l'on poursuit sans cesse ,
S—ans pouvoir la saisir jamais.
T—out est prospère à nos souhaits ;
I—llusions ! votre présence
C—olore à nos yeux l'avenir ;
H—eureux qui sait vous retenir ,
E—t qui peut garder l'espérance !

A M. ROBIN, PHYSICIEN.

ÉPITRE.

Toi qui, d'un peuple entier captivant le suffrage ,
De la foule inconstante as su fixer l'hommage ;
Toi qui viens retracer à nos yeux éblouis
De l'enchanteur Merlin les fabuleux récits ,
Accepte le tribut d'une muse indiscrète
De tes admirateurs ; hélas ! faible interprète.
Satiriques parfois , mes vers , jusqu'à ce jour ,
Ont chanté le malheur , la liberté , l'amour ;
Mais jamais à flatter l'orgueil de la puissance
Ma lyre n'abaissa sa noble indépendance.
Reçois donc un éloge empreint de vérité...
Prêt à quitter les murs de l'antique cité
Où les brillants succès que chaque jour moissonne
D'un riche et beau fleuron ont paré ta couronne ;
Où chaque soir te voit offrir aux spectateurs
L'attrait toujours nouveau des magiques splendeurs
De cet art qui, jadis, la terreur du vulgaire,
Au siècle où nous vivons est encore un mystère ;
Dis-nous qui t'enseigna le secret merveilleux
D'étonner à la fois et l'esprit et les yeux ?
Pour semer sur tes pas tant de pompeux trophées ,
As-tu donc retrouvé la baguette des fées ?
Fils de Cagliostro ! la nature à ta voix
Semble, esclave soumise, obéir à tes lois !

Mais s'il n'est point permis à nos regards profanes
De sonder de ton art les ténébreux arcanes,
De jeter sous le voile un coup-d'œil scrutateur,
Emporte le prestige et laisse-nous l'erreur.
Sous un ciel étranger, où déjà l'on t'appelle,
Va cueillir de succès une moisson nouvelle ;
Mais du moins, en partant, promets-nous le retour ;
Dis que, pour nous charmer, tu reviendras un jour !

A THÉRÉSA ET MARIA MILANOLLO.

SONNET.

Dans ces brillants concerts où mon âme est ravie,
THÉRÉSA ! MARIA ! jeunes, aimables sœurs !
Vous faites ruisseler des torrents d'harmonie,
Vous prêtez à l'archet des sons purs, enchanteurs.

Lorsque les doux accords de votre mélodie
Enivrent à la fois et nos sens et nos cœurs,
La charité, plus belle encor que le génie,
De l'infortune amère allége les douleurs.

Les arts ont sur vos fronts déposé leur couronne ;
Une autre vous attend... Dieu lui-même la donne ;
De la reconnaissance il acquitte les vœux.

A vous, anges du Ciel ! Au sein de cette fête,
Les hommages de tous et les chants du poète !
Nos regrets vous suivront... emportez nos adieux !

SUR LA MORT DE MARIA MILANOLLO.

SONNET.

Vixit.

La gloire souriait à ses jeunes années.
Hier, en l'écoutant, on se disait tout bas :

Une route brillante est ouverte à ses pas ;
L'avenir lui promet de hautes destinées.

Et pourtant, aujourd'hui, nous pleurons son trépas.
De ce front virginal les roses sont fanées :
Ainsi, par l'aquilon, les fleurs sont moissonnées.
Beaux rêves ! doux espoir ! vous nous trompiez, hélas

C'était un ange pur descendu de sa sphère ;
Son exil est fini... déjà, quittant la terre,
Il reprend son essor vers le divin séjour.

Et tandis qu'il remonte aux voûtes éthérées,
Unissez les accords de vos harpes sacrées,
Séraphins ! par vos chants, célébrez son retour !

SUR GUILLAUME-LE-CONQUÉRANT.

SONNET

Envoyé au concours ouvert par l'*Etoile de Falaise*.

Gloire à ce chef normand dont Falaise est si fière !
GUILLAUME a triomphé des injustes rivaux
Qui voulaient lui ravir son sceptre héréditaire ;
Aux bords de la Tamise il porte ses drapeaux.

A peine a-t-il touché le sol de l'Angleterre,
Que, saisissant la torche, il brûle ses vaisseaux ;
« Le sort en est jeté, dit-il ; sur cette terre,
« Compagnons ! il faut vaincre ou mourir en héros ! »

Il s'avance, et d'Hastings la terrible journée
Voit des princes saxons la race moissonnée ;
Sur des monceaux de morts *Harold* est expirant...

A vous, clairons du Nord, la joyeuse fanfare !
Pour le fils de Rollon le destin se déclare ;
Le *bâtard*, aujourd'hui, fait place au *conquérant*.

FIN.

TABLE ALPHABÉTIQUE.

Les pièces inédites sont marquées d'un *. Toutes les autres ont déjà paru dans la Tribune Lyonnaise aux dates indiquées à la suite.

FIN DE LA TABLE.

Le dépôt a été fait conformément à la loi.

www.ingramcontent.com/pod-product-compliance
Ingram Content Group UK Ltd.
Pitfield, Milton Keynes, MK11 3LW, UK
UKHW022351090726
13658UKWH00002B/596